KAT CANTRELL

Engañando a don Perfecto

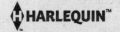
HARLEQUIN™

Editado por Harlequin Ibérica.
Una división de HarperCollins Ibérica, S.A.
Núñez de Balboa, 56
28001 Madrid

© 2018 Kat Cantrell
© 2018 Harlequin Ibérica, una división de HarperCollins Ibérica, S.A
Engañando a don Perfecto, n.º 2118 - 1.11.18
Título original: Playing Mr. Right
Publicada originalmente por Harlequin Enterprises, Ltd.

I.S.B.N.: 978-84-9188-726-3
Depósito legal: M-29193-2018
Impresión en CPI (Barcelona)
Fecha impresion para Argentina: 30.4.19
Distribuidor exclusivo para España: LOGISTA
Distribuidor para México: Distibuidora Intermex, S.A. de C.V.
Distribuidores para Argentina: Interior, DGP, S.A. Alvarado 2118.
Cap. Fed./Buenos Aires y Gran Buenos Aires, VACCARO HNOS.

Capítulo Uno

Al entrar un día más en el edificio de LeBlanc Charities –o LBC–, la fundación benéfica de su familia, Xavier se sintió igual que cada uno de los días anteriores de los últimos tres meses, como si le hubieran desterrado allí. Aquel era el último sitio donde quería estar, pero, para su desgracia, estaba condenado a seguir cruzando esas puertas cada día durante los tres meses siguientes.

Hasta que aquella prueba infernal llegase a su fin. Su padre había ideado un plan diabólico para asegurarse de que sus dos hijos seguirían bailando al son que les marcase aun después de muerto: había puesto como condición para recibir su herencia que su hermano Val y él ocuparan durante seis meses el puesto del otro.

Para su padre no habían contado para nada los diez años que había pasado aprendiendo los entresijos de LeBlanc Jewelers, la empresa familiar, ni los cinco años que había pasado al frente de la misma, partiéndose la espalda para complacerle. Nada de eso contaba. Para recibir los quinientos millones de herencia que le correspondían, y que ingenuamente había creído que ya se había ganado, tenía que pasar una última prueba. Y el problema era que, en vez de haber requerido de él algo con sentido, su padre había estipulado en su testamento que durante los próximos seis meses él tendría que ocupar el lugar de Val en LeBlanc Charities y su hermano asumir las riendas de LeBlanc Jewelers.

Para su sorpresa, aquella experiencia estaba consiguiendo acercarlos el uno al otro. Aunque eran gemelos, nunca había habido un vínculo estrecho entre ellos, y habían escogido caminos completamente distintos. Val había seguido los pasos de su madre, entrando a formar parte de LBC, donde había encajado a la perfección. Él, por su parte, había empezado a trabajar en la empresa familiar, una de las compañías de diamantes más importantes del mundo, y había ido ascendiendo hasta convertirse en el director.

¿Y todo eso para qué? Para nada. Decir que estaba resentido con su padre por aquella treta era decir poco, pero estaba utilizando ese resentimiento para alimentar su determinación. Pasaría aquella prueba; esa sería la mejor venganza.

Sin embargo, después de tres meses aún se sentía como pez fuera del agua, y el testamento de su padre estipulaba que tendría que recaudar diez millones de dólares en donaciones al frente de LBC durante esos seis meses. No iba a ser fácil, pero aún no se había rendido, ni pensaba hacerlo.

Cambiar el horario del comedor social había sido una de las primeras cosas que había hecho al aterrizar en LBC, y una de las muchas decisiones de las que se había arrepentido. Lo había hecho porque ya a las seis de la mañana LeBlanc Charities bullía de actividad, y era ridículo, un desperdicio enorme de capital.

El comedor social funcionaba los siete días de la semana, quince horas al día, pero a primeras horas de la mañana no acudía nadie. Marjorie Lewis, la eficiente gerente de servicios, una mujer de pequeña estatura que era como un general, había presentado su dimisión después de aquello, y aunque él había revocado la orden para volver a establecer aquel horario absurdo, no había conseguido que se quedara.

Según Val, había dimitido porque su madre estaba enferma, pero él sabía que eso no era verdad. Se había ido porque lo odiaba. Como casi todo el mundo en LBC. En LeBlanc Jewelers sus empleados lo respetaban. No tenía ni idea de si les caía bien o no, pero, mientras los beneficios siguieran aumentando mes tras mes, eso a él siempre le había dado igual.

Y no era que no se estuviese esforzando por ganarse el respeto de quienes trabajaban en LBC, pero tenía la sensación de que Marjorie había unido a sus tropas contra él. Y luego había dimitido, cargándole con el muerto.

Estaba repasando una enorme cantidad de papeleo cuando su hermano entró por la puerta. Gracias a Dios… Ya estaba empezando a temer que Val no fuera a reunirse con él como le había prometido para ayudarle con el problema de la vacante que había dejado Marjorie. Tras su marcha, le había tocado a él ocuparse de la gestión de la mayoría de las actividades del día a día de LBC, y eso le dejaba muy poco tiempo para planificar los eventos para recaudar fondos.

Val se había ofrecido a ayudarle con la selección de un candidato para sustituir a Marjorie, y él había aceptado su ofrecimiento, agradecido, aunque no le había dicho cuánto necesitaba esa ayuda. Si algo había aprendido tras la lectura del testamento de su padre, era que no podía confiar en nadie; ni siquiera en su familia.

–Perdona que llegue tarde. ¿A quiénes tenemos hoy

en la lista? –le preguntó Val, sentándose en una de las sillas frente a su mesa.

Xavier tomó el currículum que tenía a su derecha.

–Después de que desestimaras a los otros candidatos, solo nos queda una persona. Se llama Laurel Dixon. Desempeñó tareas similares a las que tenía Marjorie, pero en un centro de acogida para mujeres, así que probablemente no sea apta para el puesto. Quiero a alguien con experiencia en gestión de comedores sociales.

–Bueno, tú mismo –respondió Val. Había un matiz de desaprobación en su voz, como si el querer a alguien con experiencia fuese el culmen de la locura–. ¿Te importa si le echo un vistazo a eso?

Xavier le tendió el currículum y Val lo leyó por encima con los labios fruncidos.

–¿Solo has recibido este currículum desde la última vez que hablamos? –le preguntó Val.

–He recibido unos pocos, pero todos de personas que no tienen la cualificación necesaria ni por asomo. Publicamos el anuncio en los portales habituales, pero no parece que hay mucha gente interesada.

Val se pellizcó el puente de la nariz.

–Esto no es bueno. Me pregunto si no será que se ha corrido la voz de que hemos intercambiado nuestros puestos. Lo normal sería que hubiese muchos más candidatos. Como los hayas espantado, no sé cómo haré para que LBC remonte cuando vuelva.

–No es culpa mía. Échasela a nuestro padre.

–Deberíamos entrevistar a esta candidata –dijo Val, agitando el currículum en su mano–. ¿Qué otra opción nos queda? Y, si no está a la altura, no tienes por qué mantenerla en el puesto.

–Está bien –contestó Xavier, quitándole el papel.

Val tenía razón; aquello era solo algo temporal. Tomó el teléfono, marcó el número que figuraba en él y dejó un mensaje de voz cuando le saltó un contestador.

De pronto llamaron a la puerta. Adelaide, la administrativa que había sido discípula de Marjorie, asomó la cabeza y sonrió dulcemente a Val. Si no lo hubiera visto con sus propios ojos, Xavier no se habría creído que aquella mujer supiese sonreír siquiera.

–Señor LeBlanc, ha venido a verle una tal Laurel Dixon –anunció–. Me ha dicho que viene por lo de la vacante.

Imposible… La había llamado hacía solo unos minutos, y en el mensaje que le había dejado no le había dicho que fuera allí. Solo le había pedido que llamara a LBC para concertar una entrevista con él.

–Se presenta sin avisar –le dijo en voz baja a Val–. Un poco atrevida, ¿no?

Aquello lo escamaba. A esa hora el tráfico en el centro de Chicago era terrible, así que, o vivía muy cerca y había ido hasta allí a pie, o ya se había puesto en camino antes de que la llamara.

–Bueno, a mí solo con eso ya me ha impresionado –contestó su hermano–. Esa es la clase de actitud que me gusta en un candidato, que se muestre resuelto.

–Pues yo creo que sería mejor no recibirla y decirle que concierte una entrevista conmigo como Dios manda, cuando haya tenido tiempo para repasar su currículum.

–Pero si la tienes aquí a ella… ¿qué es lo que tienes que repasar? Si no lo tienes claro, puedo hablar yo por ti –replicó Val encogiéndose de hombros.

–No, lo haré yo –casi gruñó Xavier–. Es solo que no me gustan las sorpresas.

Ni tampoco que invadieran su terreno, aunque la culpa era de él, por haber sido tan estúpido como para decirle a su hermano que la dimisión de Marjorie lo había pillado completamente desprevenido. Val había aprovechado esa muestra de debilidad y se había presentado allí como un héroe victorioso, ganándose miradas de adoración del personal de LBC.

Val sonrió divertido y se apartó un mechón del rostro.

–Lo sé. Pero si he venido ha sido para ayudarte con este problema; deja que me ocupe yo.

Ni de broma…

–La entrevistaremos juntos –respondió–. Adelaide, dile que pase.

Val ni se molestó en levantarse y mover su silla para sentarse a su lado, que habría sido lo lógico. En un despacho uno se sentaba tras el escritorio para transmitir autoridad. Claro que lo más probable era que a Val le fuera ajeno aquel concepto. Por eso sus empleados lo adoraban, porque los trataba como a iguales. Pero se equivocaba: no se podía poner a todo el mundo al mismo nivel; alguien tenía que estar al mando, tomar las decisiones difíciles.

Y entonces, cuando Laurel Dixon entró tras Adelaide, por un momento se olvidó por completo de Val, de LBC… hasta de su propio nombre. El cabello, largo y negro como el azabache, le caía por la espalda, y en su bello rostro brillaban unos ojos grises que se habían clavado en los suyos y no parecían dispuestos a apartarse de él.

Una energía extraña, como sobrenatural, fluía entre ellos, y era una sensación tan rara que Xavier dio un respingo para disiparla. Una mujer capaz de provocar una reacción así en él solo con su presencia era un peligro.

–¿Cómo está, señorita Dixon? –la saludó Val, levantándose y tendiéndole la mano–. Soy Valentino LeBlanc, el director de LBC.

–Es un placer conocerle, señor LeBlanc.

La clara voz de la joven le hizo a Xavier estremecerse. Hasta entonces siempre habría dicho que prefería las voces sensuales, las voces de mujer que sonaban como el ronroneo de un gato cuando se excitaban. No describiría la voz de Laurel Dixon como «erótica», pero aun así… De inmediato sintió que quería volver a oírla; era la clase de voz que sería capaz de escuchar durante una hora entera sin aburrirse.

Pero se suponía que aquello era una entrevista, no un juego de seducción. De hecho, la verdad era que nunca antes lo habían seducido, o al menos no que él recordara. Normalmente era él quien llevaba las riendas, y no le gustaba sentir que no tenía el control.

–Y yo soy Xavier LeBlanc, el actual director de LBC –se presentó. Hizo una pausa para aclararse la garganta que, por algún motivo inexplicable, se notaba repentinamente agarrada–. Mi hermano Val solo está de paso.

Ese era el momento en que debería levantarse y tenderle la mano, se recordó Xavier, obligándose a hacerlo. Laurel Dixon le estrechó la mano, y al ver que no hubo relámpagos ni nada de eso, Xavier se relajó un poco. Pero entonces cometió el error de posar la mirada en sus labios, que se curvaron en una sonrisa que lo sacudió como una corriente eléctrica. Apartó la mano abruptamente y volvió a sentarse.

–Dos por el precio de uno –bromeó ella con una risa tan cautivadora como su rostro–. Menos mal que tienen estilos de peinado muy distintos, porque si no me costaría diferenciarlos.

Xavier se pasó una mano por el pelo. Lo llevaba muy corto porque le daba un aire profesional. Era un estilo que iba con él, y siempre había pensado que jugaba en su favor comparado con Val, que lo llevaba demasiado largo, marcándolo con la etiqueta del gemelo rebelde.

–Val no frecuenta mucho al peluquero.

Aunque no lo había dicho a modo de broma, sus palabras la hicieron reír de nuevo, lo cual lo reafirmó en su decisión de hablar solo lo justo. Cuanto menos oyera esa risa cautivadora, mejor.

–No la esperábamos –le dijo Val, indicándole la silla junto a la suya. Esperó a que tomara asiento antes de volver a sentarse él también–. Aunque nos impresiona su entusiasmo. ¿Verdad, Xavier?

–Sí, bueno, por decirlo de algún modo –masculló él–. Yo habría preferido que hubiese concertado una entrevista.

–Ah, ya. Sí, claro, habría sido lo apropiado –admitió ella, poniendo los ojos en blanco–, pero es que estoy tan interesada en el puesto que no quería dejar nada al azar, así que pensé… ¿por qué esperar?

–¿Y qué le interesa tanto de dirigir un comedor social? –inquirió Xavier.

–Ah, pues… todo –respondió ella al instante–. Me encanta ayudar a la gente necesitada y… ¿qué mejor manera de hacerlo que empezando por lo fundamental? No quiero que nadie pase hambre.

—Bien dicho –la aplaudió Val.

Como esas palabras bien podría haberlas dicho su hermano, a Xavier no le sorprendió que su pasión lo conmoviera, pero a él le sonaba demasiado ensayado.

Había algo en ella que no le gustaba, algo que le provocaba desconfianza. Y tampoco le gustaba cómo lo descolocaba. Si tenía que estar en guardia constantemente con ella, ¿cómo podrían trabajar juntos?

—Su experiencia es bastante escasa –apuntó Xavier, golpeteando con el dedo su currículum–. ¿Por qué cree que haber trabajado en un centro de acogida para mujeres puede convertirla en una buena gestora de servicios en un comedor social?

Laurel les soltó otra perorata, que sonaba igual de ensayada, sobre sus tareas en el centro de acogida, resaltando su buen hacer en la gestión de proyectos, y entabló una animada conversación con Val sobre sus ideas para mejorar la atención a los más necesitados.

A su hermano le había sorbido el seso Laurel Dixon. Saltaba a la vista. Durante toda la entrevista no hizo más que sonreír, y cuando la joven se hubo marchado, se cruzó de brazos y le dijo:

—Es la candidata perfecta.

—Ya creo que no.

—¿Qué? ¿Por qué no? –exclamó Val, y sin esperar una respuesta, insistió–: Pero si es perfecta.

—Pues contrátala tú. Dentro de tres meses. Ahora yo sigo al mando, y digo que quiero a alguien distinto.

—Estás siendo un cabezota, y no tienes razón alguna –le espetó Val.

—No tiene experiencia.

—¿Bromeas? Su trabajo en ese centro de acogida de

mujeres es perfectamente equiparable a lo que hacemos aquí. Además, solo la tendrás bajo tu mando tres meses. Después seré yo el que tenga que cargar con ella si resulta que no da la talla. Venga, dame el gusto.

Xavier se cruzó de brazos.

—Hay algo en esa Laurel Dixon que no me cuadra, aunque no sé qué es. ¿Tú no has tenido la misma impresión?

—No. Es elocuente y muestra un gran entusiasmo —replicó Val, antes de lanzarle una mirada a caballo entre la lástima y el sarcasmo—. ¿No será que te incomoda que no sea un robot sin emociones como tú?

No era la primera vez que lo tachaban de insensible, pero su hermano se equivocaba. Lo que pasaba era que tenía mucha práctica en ocultar sus sentimientos. Su padre, Edward Leblanc, siempre había desaprobado la debilidad de carácter, y a sus ojos las emociones y la debilidad iban de la mano.

—Sí, eso debe ser.

Val puso los ojos en blanco.

—Esto no es una empresa, sino una organización sin ánimo de lucro. No contratamos a la gente por su capacidad para despedazar al adversario. Necesitas con urgencia a alguien para reemplazar a Marjorie. A menos que tengas un as bajo la manga, no hace falta que busques más.

—Está bien, si a su majestad le complace, la contrataré —claudicó Xavier—, pero no digas que no te lo advertí. No me fío de ella. Oculta algo, y si resulta ser una serpiente venenosa y te muerde, te recordaré esta conversación.

El problema era que probablemente lo mordería a

él antes que a Val, que dentro de unos minutos volvería a las oficinas de Leblanc Jewelers, al lógico y ordenado mundo empresarial. Él en cambio, tendría que pasar los tres meses siguientes trabajando con aquella nueva gestora de servicios que hacía que, con solo mirarla, un cosquilleo le recorriese toda la piel.

Tenía la impresión de que iba a pasar buena parte de esos tres meses evitándola para protegerse a sí mismo. Era lo que solía hacer: no permitía que nadie lo irritase, ni otorgaba su confianza a nadie a la primera.

Capítulo Dos

Cuando había decidido infiltrarse en LeBlanc Charities para investigar las acusaciones de fraude, quizá debería haberse presentado para otro puesto que no fuera el de gerente de servicios, pensó Laurel. Claro que… ¿quién habría pensado que la contratarían?

Como mucho había creído que les admiraría su entusiasmo y le darían un puesto menos importante. La clase de puesto que le habría dejado el suficiente tiempo libre como para poder sonsacar información a otros empleados de forma discreta. En vez de eso le habían entregado, por así decirlo, las llaves del reino, y eso debería haberla colocado en una situación aún más ventajosa para husmear en los libros de cuentas de LBC. Al fin y al cabo, las personas que donaban dinero se merecían saber que, mientras ellos intentaban ayudar a la gente necesitada, en LBC alguien se estaba llenando los bolsillos a su costa.

El problema era que hasta ese momento no había tenido ni un segundo libre para dedicarse a su investigación para destapar las supuestas prácticas fraudulentas de la fundación. Y buena parte de la culpa la tenía un hombre exasperante llamado Xavier LeBlanc.

El que él llegara a las oficinas de LBC a una hora tan intempestiva como las seis de la mañana no implicaba que todos sus empleados tuviesen que hacer lo mismo. Pero todos se sentían obligados a hacerlo, incluida ella. Claro que tampoco podía hacer otra cosa. Si se presentara allí a las nueve, llamaría la atención y, estando como estaba de incógnito, no podía permitirse que la descubrieran. Además, eran los gajes del periodismo de investigación, y se suponía que aquel reportaje sería el empujón definitivo para ella, el reportaje que rehabilitaría su menoscabada reputación profesional.

Y así sería; conseguiría reunir los datos que necesitaba, y esa vez ningún otro periódico publicaría un contrarreportaje que dejara al descubierto la falta de fundamento de sus acusaciones.

Aquello había sido horriblemente humillante, y casi había terminado con su carrera. Aquella era una oportunidad de oro para que se olvidase aquella metedura de pata, siempre y cuando no cometiese ningún error durante su investigación.

Lo que tenía que hacer era ir a enfrentarse al león en su guarida, se dijo. Y, levantándose de su mesa, se dirigió al despacho de Xavier LeBlanc. Había llegado el momento de revolver un poco las aguas.

Cuando llamó a la puerta, Xavier levantó la vista y fijó sus ojos azules en ella.

—¿Tiene un minuto? —le preguntó ella y entró sin esperar a que le respondiera.

La recibiría, quisiera o no. ¿Cómo iba a averiguar si había alguien culpable de fraude en LBC si no podía vigilar de cerca al director?

—¿Qué puedo hacer por usted? —le preguntó Xavier, con esa voz tan sensual que resultaba casi pecaminosa.

Laurel dio un pequeño traspiés y se estremeció por dentro cuando los ojos de él descendieron a su boca.

–En mi primer día aquí su secretaria, Adelaide, me enseñó las instalaciones y me explicó el funcionamiento de LBC –comenzó a decirle–. Y, bueno, es un encanto, pero no me ha transmitido tan detalladamente como yo esperaba cuál es la visión que tiene usted de este gran proyecto, y me preguntaba si sería posible que me lo tradujera en algo más… palpable, algo que yo pueda ver y tocar.

La forma de decirlo no era la más adecuada, pensó cuando un tenso silencio siguió a sus palabras. Sonaba a doble sentido. Debería haberlo expresado de un modo más profesional, que no sonase a «quiero que me haga suya ahora mismo sobre este escritorio».

Xavier enarcó ligeramente las cejas.

–¿Qué quiere exactamente que haga?

Seguro que él tampoco había pretendido que sus palabras sonaran tan sugerentes como le habían sonado, pero de inmediato Laurel se encontró pensando en todas las cosas que le gustaría que le hiciera. Como besarla, para empezar.

–Bueno, pues… –comenzó. Su voz sonaba ronca y nada profesional. «Céntrate, Laurel…». Carraspeó–. Esperaba que pudiéramos hablar de sus expectativas.

–Lo que espero es que gestione las operaciones que se llevan a cabo a diario en la fundación –le respondió él sucintamente–. Ni más, ni menos.

–Sí, eso ya lo sé. Pero es que creo que debería ser lo más fiel posible a la visión que usted tenga, y no sé nada sobre sus ideas respecto a cómo debería realizar esa gestión.

Xavier levantó las manos del teclado de su portátil, y las entrelazó en un claro gesto de que estaba poniendo a prueba su paciencia. Tenía unas manos fuertes, con largos dedos, que no podía dejar de imaginar recorriendo su cuerpo.

—Es lo que le pedí a Adelaide que hiciera, que le explicara lo que se espera de usted. Si ni de eso ha sido capaz…

—No, no, Adelaide es estupenda y muy servicial, pero quería que fuera usted quien me explicara qué se espera de mí. Al fin y al cabo vamos a trabajar codo con codo.

—Se equivoca. La contraté para no tener que preocuparme por las operaciones del día a día. Tiene que ser usted invisible: hacer su trabajo para que yo pueda centrarme en el mío.

Vaya… Así no llegaría a ninguna parte. Laurel se inclinó hacia delante, apoyó los codos en la mesa y entrelazó las manos, imitando la postura de él.

—¿Lo ve? Eso es justo lo que Adelaide no podría transmitirme. Me enseñó dónde está cada departamento y me presentó a todas las personas que trabajan en LBC, pero necesito que su mente y la mía sintonicen para poder hacer bien mi trabajo. Dígame qué haría usted. Así podré asegurarme de que no tenga que preocuparse por nada porque de inmediato sabré cómo quiere que se gestione cada asunto.

Las fuentes que la habían puesto sobre aviso respecto al supuesto fraude en LBC eran personas que habían colaborado con la fundación como voluntarios, y le habían dado algunos chivatazos creíbles sobre determinados datos que no aparecían en los libros de cuentas.

Probablemente aquello no era más que la punta del iceberg, y lo que necesitaba era averiguar cuántas personas estaban implicadas, si Xavier estaba al tanto, o si aquel cambio en la dirección de un hermano a otro había apartado al verdadero culpable de LBC. ¿Podría ser que el fraude hubiese sido motivado ese cambio? Tenía que descubrirlo.

Y no podía cometer ningún fallo. Iba a ser una investigación compleja.

Los ojos de Xavier se posaron en los suyos de nuevo, y tuvo la impresión de que no sabía muy bien qué pensar de ella. Eso era bueno: si lo descolocaba de esa manera, le sería más fácil hacer que se le soltase la lengua y se le escapasen los secretos que tenía que ocultar.

—Esto es lo que quiero, señorita Dixon —le dijo con esa voz profunda y acariciadora—: quiero que se asegure de que LBC funcione como un reloj para que yo pueda centrarme en la captación de donaciones. Aparte de eso, me da igual cómo lo haga.

Laurel parpadeó.

—¿Cómo le va a dar igual? Es usted quien está al mando.

Si se estaba produciendo algún tipo de actividad ilegal en una empresa, lo normal era que se extendiera hasta lo más alto del escalafón.

De inmediato se encontró deseando que Xavier no estuviera implicado y que el que cayera con su investigación fuera su hermano. Claro que eso también le sabría mal, porque Val le caía bien.

No, no podía dejar que sus sentimientos comprometieran la investigación como la última vez.

—Sí, yo estoy al mando —dijo Xavier finalmente.

—Exacto, y yo estoy aquí para ejecutar sus órdenes. ¿Por dónde quiere que empiece?

18

–Podría empezar por explicarme por qué parece como si estuviera flirteando conmigo.

A Laurel se le cortó el aliento.

–¿Qué? –preguntó cuando se hubo recobrado–. No estoy flirteando con usted.

Si acaso, era él quien parecía querer seducirla. De su ser emanaban unas intensas vibraciones que parecían llamarla, y a veces eran tan fuertes que a duras penas podía resistirse a esa llamada.

La expresión implacable de él no varió.

–Bien –dijo–, porque un romance entre nosotros sería muy mala idea.

Eso decía mucho de él. No estaba diciéndole que no era su tipo, ni que se había confundido al tomarlo por heterosexual, sino que un romance entre ellos sería «muy mala idea». Eso significaba que él también sentía la electricidad que había entre los dos. Interesante…

Si flirteara de verdad con él, ¿conseguiría sacarle más información? Aunque para ella lo importante era la investigación, no podía evitar sentir curiosidad. Le gustaría explorar su atracción hacia Xavier LeBlanc.

–Es verdad, sería muy, muy mala idea –repitió–. Y le prometo solemnemente –añadió cruzando los dedos tras la espalda– que mientras trabajemos codo con codo me abstendré de decir nada con doble sentido o que pueda interpretarse como un coqueteo por mi parte.

–Ya le he dicho que se equivoca: no vamos a trabajar codo con codo –la corrigió él.

Laurel se preguntó hasta qué punto tendría que irritarlo para que se le escapase algo sin querer. Todo el mundo tenía un límite, y ella había conseguido que unas cuantas personas le desvelasen sus secretos, a menudo sin darse cuenta. Claro que normalmente eso solo ocurría cuando se ganaba su confianza.

¿Sería poco ético seducirlo para conseguir información? Nunca había probado ese método, pero no podía negar que la idea la excitaba. Y precisamente por eso seguramente no era una buena idea, pero aún así…

–Vamos… Creía que ya habíamos discutido eso: usted está al mando y yo estoy aquí para hacer exactamente lo que me diga, aunque no en un sentido sexual, por supuesto, y los dos vamos a ignorar la química que hay entre nosotros. ¿O me he perdido algo, señor Le-Blanc?

Al oírla decir eso, para su sorpresa, Xavier LeBlanc se rio, y el sonido de su risa hizo que sintiera un cosquilleo en el estómago.

–No. Solo quería… asegurarme de que nos entendíamos –dijo él.

–Eso suena prometedor. ¿Por qué no comparte su visión conmigo, para empezar?

–¿Mi visión de qué?

Xavier se había inclinado hacia delante, invadiendo su espacio, y a Laurel le estaba costando concentrarse.

–Pues… de LBC. Como fundación benéfica. ¿Cuál es el objetivo fundamental de LBC?

–Alimentar a la gente necesitada –respondió él a secas–. ¿Qué más puede haber?

–Mucho más. En el centro de acogida en el que trabajé nuestro objetivo era devolver a esas mujeres algún control sobre sus vidas, que pudieran elegir.

Había sido un trabajo satisfactorio, aunque solo hubiera sido una manera de pagarse la universidad.

Lógicamente había tenido que alterar un poco las

fechas en su currículum y omitir los últimos años en el apartado de experiencia laboral para que nadie en LBC supiera que había estado trabajando para una cadena de televisión de noticias.

Aunque la habían despedido, no había disminuido su afán por ayudar a otros divulgando información. Seguía creyendo en el valor de las organizaciones sin ánimo de lucro. Por eso era tan importante para ella averiguar si efectivamente se estaba produciendo un fraude en LBC y, si era así, destaparlo.

Las facciones de Xavier se endurecieron.

—Parece olvidar que solo estoy al frente de LBC de forma temporal —le dijo—. Este no es mi mundo.

—Pero su hermano mencionó que su madre creó esta fundación hace quince años. Seguro que en todo ese tiempo debe haberse implicado de algún modo en LBC.

—Lo que ve aquí es toda mi implicación hasta la fecha —respondió él, señalando el escritorio con un ademán—. Me quedaré otros tres meses y en ese tiempo tengo que conseguir recaudar la mayor suma en donaciones que se haya recaudado en toda la historia de la fundación. Los objetivos de LBC no son cosa mía.

Laurel parpadeó, pero la expresión de él no se alteró ni un ápice. Lo estaba diciendo en serio…

—Pues si es así va a tener un grave problema, porque la gente no dona dinero porque sí; lo donan para una causa en la que creen. Y usted tiene que conseguir que crean en la causa que abandera LBC. ¿No ve que en Chicago hay cientos… no, miles de fundaciones como esta a las que la gente puede donar? ¿Cómo cree que deciden a cuál donar su dinero? Tiene que ayudarles a decidir, presentándoles con pasión los objetivos de LBC.

–Tomaré nota de su consejo, ya que tiene experiencia en la organización de eventos benéficos para recaudar fondos. ¿No será que se presentó para el puesto equivocado?

–Podría ser. O podría ser que usted solicitara candidatos para el puesto equivocado. A mí me parece que lo que necesita es alguien que le diga qué debe hacer. ¿No se da cuenta de que hay serias deficiencias en su filosofía de trabajo?

Xavier se echó hacia atrás en su asiento y entornó los ojos.

–¿Puedo ser franco con usted, señorita Dixon?

«¡Dios, sí! Por favor, revéleme todos sus secretos, señor LeBlanc…».

–Solo si a partir de ahora me llama por mi nombre y me permite a mí también que lo tutee.

Los labios de él se arquearon en una breve sonrisa que hizo creer a Laurel que iba a replicar, pero para su sorpresa no fue así.

–Está bien, Laurel. Pues para empezar hace falta que entiendas de qué va todo esto y debes saber que estoy dispuesto a otorgarte mi confianza, cosa que no hago a la ligera.

A Laurel el estómago le dio un vuelco, no sabía si por su tono, por su sonrisa, o por su propia conciencia. No, sin duda era por la sensación de culpa que la había invadido. No tenía pruebas de que hubiera un fraude en LBC, ni de que, si lo había, Xavier estuviera implicado. ¿Y si su investigación le causaba problemas?

Pero sus fuentes eran creíbles, y si había algo turbio que destapar, estaba segura de que Xavier se alegraría de que lo hiciese. Al fin y al cabo, LBC ejercía una labor social, y el dinero que recaudaba debía destinarse únicamente a la gente necesitada a la que atendían.

–Me esforzaré por merecer esa confianza.

Xavier asintió.

–Entonces, debo confesarte algo: no tengo ni idea de cómo gestionar una fundación benéfica. Es verdad que necesito ayuda.

Laurel estuvo a punto de poner los ojos en blanco. ¿Se creía que aquello era una gran revelación?

–Me he dado cuenta.

–Ya. Pues estoy haciendo todo lo posible para que el resto de la plantilla no se dé cuenta –admitió él–. Es por eso por lo que estaba intentando mantenerme al margen del área de especialización de cada uno. Y entonces fue cuando apareciste tú.

–Entiendo: prefieres esconderte aquí, en tu despacho, mientras los demás hacen el trabajo sucio –dijo. Aunque él frunció el ceño, le sostuvo la mirada–. Pues lo siento por ti, pero ahora estás al frente, y tienes que tomar el timón. Pero yo te ayudaré. A partir de este momento, somos un equipo.

Le tendió la mano, expectante. La necesitaba, le gustara o no. Y ella lo necesitaba a él.

Xavier vaciló un momento antes de tomar su mano, no sin cierta reticencia, y se la sostuvo más tiempo del necesario, haciendo evidente que aquel no era un simple apretón de manos. Había demasiada electricidad entre ellos, demasiadas cosas que se callaban.

Capítulo Tres

Socios... A Xavier le gustó la idea. Sobre todo por la impresión que tenía de que Laurel Dixon ocultaba algo. Era una suerte que fuera ella quien había sugerido que deberían trabajar juntos, porque así podría tenerla más vigilada.

–¿Socios? ¿Y luego qué? –le preguntó después de soltar su mano.

Sin embargo, la electricidad estática que parecía haber entre ellos no se disipó. No sería buena idea volver a tocarla, pero precisamente por esa razón de pronto no podía pensar en otra cosa.

–Acompáñame –le dijo Laurel.

Se levantó de su asiento y mientras se dirigía hacia la puerta giró la cabeza, quizá para asegurarse de que la seguía. ¡Como si fuese a quitarle los ojos de encima ni un segundo! Ni hablar... Iba a averiguar qué escondía bajo la manga.

Laurel lo llevó hasta la mesa de su secretaria y al verlo llegar Adelaide los miró con unos ojos como platos a través de sus gafas bifocales. Casi se sintió tentado de gruñirle para hacerla dar un respingo. ¿De qué servía que la gente le tuviera miedo si no lo aprovechaba de vez en cuando para divertirse un poco?

Laurel se echó hacia la espalda un largo mechón azabache y le dijo:

–Hoy es tu día de suerte, Addy. A partir de ahora estás al mando: el señor Leblanc acaba de ascenderte.

–Yo no he… –comenzó a replicar Xavier, pero Laurel lo calló de un codazo en las costillas–. ¡Ay! Quiero decir… sí, es justo como Laurel ha dicho.

Adelaide los miraba a uno y a otro como aturdida.

–Es muy generoso por su parte, señor Leblanc –musitó–, pero no comprendo… ¿un ascenso?

–Exacto –intervino Laurel con una sonrisa radiante–. Te ha ascendido a gerente de servicios. Vas a ocupar el puesto de Marjorie.

Un momento… ¿Cómo? Eso era ir demasiado lejos. Si Adelaide hubiese estado remotamente cualificada para ese puesto o hubiese tenido algún interés en él, ella misma se habría presentado como candidata. ¿A qué jugaba Laurel?

–Espero que sepas lo que haces –le siseó al oído.

Lo que estaba claro era que tenía un plan y que pretendía que él lo siguiera. El codazo que le había dado era su manera de darle a entender que, si lo que quería era que tuvieran una conversación sobre sus tácticas, la tendrían, pero más tarde.

–Sabes todo lo que hay que saber sobre LBC, Adelaide. Díselo al señor LeBlanc –la instó Laurel con un entusiasmo empalagoso–. Me hizo una visita tan completa por las instalaciones, que pensé que no acabaría nunca. Se conoce al dedillo los entresijos de cada departamento de LBC –le dijo a Xavier–. ¿Verdad, Addy?

Adelaide asintió.

–Llevo aquí siete años y empecé en la cocina como voluntaria. Me encanta trabajar aquí.

–Salta a la vista –dijo Laurel–. ¿Y sabes qué? El señor LeBlanc se estaba lamentado ahora mismo, diciéndome que no tiene a nadie que lo ayude a organizar un evento para recaudar las donaciones que LBC necesita tan desesperadamente.

¡Por Dios! Eso no era lo que le había dicho. Si Adelaide le contaba aquello a los demás, todos pensarían que era un llorica, incapaz de hacerse cargo de las tareas que se le habían encomendado. Pero antes de que pudiera corregir las palabras de Laurel, esta siguió hablando.

—El caso es que me dije «esta es una oportunidad de oro para que Addy demuestre su valía». Solo tienes que ocuparte del trabajo que hacía Marjorie, y así yo podré dedicarme a ayudar al señor LeBlanc a conseguir esas donaciones. ¿Te parece bien?

Cuando Adelaide sonrió y dio palmas como si le acabaran de hacer el mejor regalo de Navidad de su vida, Xavier se quedó con la boca abierta, aunque se apresuró a cerrarla antes de que nadie pudiese darse cuenta de cómo lo descolocaba Laurel Dixon.

Las dos mujeres se pusieron a hablar sin parar sobre la logística de LBC, llevaban así dos minutos seguidos cuando Xavier, que ya no podía más, las interrumpió.

—¿Y ya está?, ¿así de fácil? ¿Adelaide va a hacer el trabajo de Marjorie?

Las dos se volvieron hacia él y se quedaron mirándolo. Laurel enarcó una ceja.

—Perdón, ¿vamos demasiado rápido? Sí, Adelaide se ocupará a partir de ahora de las tareas de Marjorie. Y hará un trabajo estupendo.

Debería haberle hecho unas cuantas preguntas más en su despacho, pensó Xavier. Como cuál era exactamente el concepto que Laurel tenía de «equipo». Porque cuando le había dicho que iban a ser un equipo y que trabajarían codo con codo, se había hecho una idea algo distinta de cómo sería la interacción que tendrían.

En ningún momento había imaginado que fuera a arrogarse la tarea de recaudar ese dinero para LBC. Eso era cosa suya. Necesitaba demostrarle a su padre –y también a sí mismo– que podía con cualquier reto. Conseguir recaudar diez millones de dólares en donaciones le parecía algo nimio a cambio de recuperar la confianza en sí mismo y dejar atrás la inseguridad que acarreaba desde la lectura del testamento. Y no permitiría que nadie le arrebatara esa satisfacción.

–Discúlpenos un momento, por favor –le dijo a Adelaide entre dientes.

Llevó a Laurel de vuelta a su despacho, cerró la puerta y le preguntó con aspereza:

–¿A qué diablos ha venido eso? Le has traspasado todas tus obligaciones a Adelaide. Y sin consultármelo, por cierto. ¿Qué se supone que vas a hacer tú si le dejas todas esas tareas a ella?

–Pues ayudarte a ti, por supuesto –respondió ella, dándole unas palmadas en el brazo–. Tenemos un evento que organizar para recaudar donaciones. Vamos, es lo que acabo de decir hace un momento.

Le había tendido aquella trampa tan hábilmente que no se había dado ni cuenta hasta que había caído en ella.

–No tienes suficiente experiencia en organizar ese tipo de eventos –replicó.

Ella se encogió de hombros.

–¿Por qué esa obsesión con la experiencia? Adelaide no tiene ninguna, pero lleva años aquí y ha aprendido de Marjorie todo lo que hay que saber. Y estoy segura de que lo hará maravillosamente.

—Para gestionar una fundación como esta hace falta alguien con puños de acero —le espetó él al instante—. No alguien como Adelaide, esa especie de… búho que no hace más que asentir con la cabeza.

Laurel soltó una risa seca.

—Más vale que no te oiga decir eso. No creo que le haga gracia que la llames así solo porque lleva gafas.

—Yo no pretendía… —reculó él. Estaba empezando a dolerle la cabeza—. Parece un búho porque se te queda mirando ahí plantada, sin decir nada, como si fuese un búho sabio. No me la imagino diciéndole a los demás lo que tienen que hacer. Yo no… Olvídalo, es igual.

Laurel Dixon lo estaba volviendo loco. No podía deshacer lo que acababa de hacer sin disgustar a Adelaide, que parecía encantada con el ascenso, y tendría que pasarse las próximas semanas vigilándola, no fuera a hacer que LBC se estrellase. Aquello podía acabar en desastre.

—Está bien, de acuerdo —masculló—. Adelaide ocupará el puesto de Marjorie y lo hará estupendamente. Y tú vas a ayudarme con el evento. ¿Lo harás igual de bien?

—Por supuesto.

Cuando la vio echarse de nuevo el pelo hacia atrás, no pudo evitar preguntarse por qué lo llevaba suelto si tanto le molestaba. Así al menos él no estaría todo el tiempo muriéndose por tocarlo para averiguar si era tan suave como parecía. Se cruzó de brazos; mejor no tentar a la suerte.

—Estupendo. Entonces, ¿cuál es el plan, mi general?

–¿Apelativos cariñosos ya? –murmuró ella, pestañeando con coquetería. Lo repasó de arriba abajo, deteniendo su mirada en un punto poco apropiado–. Pensaba que eso no pasaría hasta mucho más adelante. Y en… circunstancias distintas.

La insinuación era evidente. Y él no debería estar sintiendo un cosquilleo en ese punto poco apropiado.

–No he podido evitarlo; es un apelativo que te va como anillo al dedo.

–No te preocupes, me gusta –murmuró Laurel, y el aire pareció volverse más denso mientras seguía mirándolo–. Me halaga que te hayas dado cuenta de que no soy de las personas que se quedan sentadas y esperan a que las cosas sucedan.

–Lo supe desde el primer día, cuando te presentaste aquí sin que hubiéramos concertado una entrevista –le contestó él–. Eres un libro abierto.

Una sombra cruzó los ojos de Laurel. No sabía qué, pero volvió a tener la impresión de que estaba ocultándole algo. Si se la llevase a la cama, ¿conseguiría arrancarle esos secretos?

–Bueno, es verdad que soy bastante transparente –concedió ella, pero su expresión se veló de nuevo.

Mentir se le daba fatal. O a lo mejor era que había una sintonía tan fuerte entre los dos que no podía engañarle. Empezaba a sentirse acorralado y no podría evitar tener que pasar mucho tiempo en su compañía.

–Probablemente vea más de lo que querrías que viera –le dijo. Laurel parpadeó. Se estaba divirtiendo–. Por ejemplo, estoy bastante seguro de que has hecho esta maniobra táctica de convertirte en mi asistente porque no puedes soportar estar lejos de mí.

Laurel enarcó las cejas.

—Eso suena a provocación. ¿Y si dijera que es verdad?

Estaría mintiendo de nuevo, pensó Xavier. Estaba convencido de que sus fines eran otros, aunque aún no hubiese dilucidado cuáles eran. Pero si quería que jugaran a ese juego, estaba dispuesto a seguirle la corriente.

—Pues diría que tenemos un problema. No podemos permitirnos un romance. Sería demasiado… arriesgado. Y no querría andar todo el día nervioso, sudando a mares ante las miradas suspicaces de los demás.

Los labios de Laurel se curvaron en una sonrisa pícara.

—Lástima. Porque a mí me encanta sudar… y acabar toda pegajosa.

De pronto Xavier se encontró imaginándola desnuda y sudorosa sobre el escritorio, y todo su cuerpo se puso rígido.

—Pues yo creo que es mejor evitarse complicaciones —contestó.

Ella resopló y le puso una mano en el brazo.

—Por favor… —murmuró con una sonrisa sarcástica mientras le apretaba el antebrazo—. Al menos podrías tener la cortesía de ser sincero conmigo si es que no te sientes atraído por mí.

Vaya, buena jugada. Acababa de lanzar la pelota a su tejado. Podría tomar el camino fácil y responderle que no, no se sentía atraído por ella, aunque así estaría dándole la oportunidad de tildarlo de embustero. O podría admitir que lo ponía como una moto y acordar una tregua.

Al final se decantó por una tercera opción: asegurarse de que le quedase claro que no iba a bailar al son que le tocase.

–No creo que sea el momento de hablar de quién está o no está siendo sincero.

El doble sentido de sus palabras tensó visiblemente a Laurel, pero logró no perder la sonrisa.

–*Touché* –dijo–. Entonces, volvamos a ignorar la química que hay entre nosotros.

–Será lo mejor –asintió él. Tampoco había esperado que le revelara voluntariamente sus secretos. Todo a su tiempo–. Y ahora, respecto a ese evento…

–Ah, claro –murmuró ella. Dejó caer la mano, por fin, y se quedó pensativa un momento–. Deberíamos asistir a un evento de ese tipo y tomar notas.

Xavier parpadeó.

–Eso es… una gran idea.

¿Cómo no se le había ocurrido? Eso era lo que hacía en LeBlanc Jewelers: si otra joyería tenía una estrategia de mercado que le gustaba, la estudiaba. ¿Por qué no aplicar ese mismo método a la fundación?

Laurel sonrió, y sus ojos grises brillaron.

–Empezaré por seleccionar unos cuantos y haremos un poco de trabajo de campo.

Genial. Ya que no podía mantenerse alejado de Laurel, aprovecharía que iba a tener que pasar bastante tiempo con ella para investigar cuáles eran sus intenciones ocultas. Y tampoco diría que no a explorar un poco esa química imposible de ignorar que había entre los dos. Solo tenía que andarse con cuidado para no dejarse embaucar por ella. Solo quedaba por determinar cómo de difícil se lo pondría Laurel.

Capítulo Cuatro

Para cuando llegó el viernes, Adelaide se había ganado ya la confianza de Xavier. Era verdad que había aprendido mucho de Marjorie, exhibía un profundo conocimiento de todo lo concerniente a LBC, y estaba tomando decisiones muy sensatas y bien sopesadas. Además, todo el personal acataba sus órdenes como si llevara años al mando, y le gustaba su estilo.

Aunque jamás se lo diría, por supuesto. Adelaide le había dejado muy claro, con cada palabra que salía de su boca, y a veces sin decir nada, que no le tenía demasiada simpatía.

Pero el caso era que, por primera vez desde que Marjorie le había anunciado su dimisión y se marchó, LBC estaba funcionando como una maquinaria bien engrasada. Por eso estaba dispuesto a pasar por alto el desdén de Adelaide. Mientras cumpliera con su cometido y él pudiera centrarse en el suyo, le daba igual que no le cayese bien.

Laurel asomó la cabeza por el hueco de la puerta entreabierta de su despacho.

−¿Por qué será que no me sorprende encontrarte sentado detrás de esa mesa?

−¿Porque es aquí donde trabajo? −sugirió él con retintín.

Laurel chasqueó la lengua.

–Más bien porque te escondes aquí, en tu guarida, ahora que Addy lo tiene todo bajo control.

Él encogió un hombro.

–Pues no debe ser un escondite muy bueno, porque tú me has encontrado.

–Es que estaba buscándote –dijo ella entrando, aunque no la había invitado a pasar–. Y probablemente sea la única.

–Espero que por alguna razón –apuntó él, antes de que empezara a sermonearle otra vez con que debería interactuar más con los empleados–. Estoy ocupado con un montón de papeleo.

No era que fuera mentira, aunque hacía una hora que su mente no estaba en lo que estaba haciendo, sino en las donaciones que llevaban recaudadas hasta ese momento.

Se estaban quedando cortos. Por mucho. Tenía menos de tres meses para recaudar siete millones de dólares, y la enormidad de aquella tarea casi imposible hacía que se le revolviese el estómago como si tuviera una anguila retorciéndose dentro de él. Llevaba un buen rato dándole vueltas a ideas para conseguir esas donaciones, pero ni de broma las compartiría con Laurel.

El truco estaba en hacerle creer que pensara que lo había convencido con aquello de que iban a ser un equipo cuando en realidad solo estaba dispuesto a darle la cuerda justa para mantenerla vigilada.

Por el momento no parecía que se hubiera dado cuenta, y cuando le daba la gana irrumpía en su despacho para hablarle de los eventos benéficos en los que podían fijarse para organizar el suyo. Se apostaría cien mil dólares a que había visto en las páginas de sociedad el anuncio de la exposición benéfica de la asociación Art for Autism, y que iba a anunciarle que iba a arrastrarlo allí con ella, fingiendo que no era una cita cuando, en realidad, era una excusa estupenda para pasar la velada juntos sin admitir que era lo que de verdad quería hacer.

Él se haría de rogar, y al cabo dejaría que creyera que era ella quien lo había convencido para ir. Y así, lejos de las miradas del resto de empleados de LBC, podría observarla más de cerca y tratar de averiguar qué se traía entre manos.

—Pues por suerte para ti tengo algo mucho más emocionante para tu agenda de hoy: esta noche vamos a tener una cita.

¡Dios, sí! De inmediato su mente conjuró una imagen de Laurel con un minúsculo vestido negro —de los que dejaban la espalda al descubierto y estaban hechos para atormentar a los hombres—, unos zapatos de tacón que resaltaran sus larguísimas piernas y el pelo suelto y brillante.

¿Pero en qué estaba pensando? Se echó hacia atrás en su asiento y se cruzó de brazos con fingida indiferencia.

—No, nada de citas.

—Lo sé, lo sé, pero no es una cita de verdad. Vas a llevarme contigo para recopilar información: he encontrado una fundación fantástica que celebra un evento benéfico que es único. Esta noche.

Lo de fingir que no era una cita no sería un problema para él. De hecho, para sus adentros gritó: ¡aleluya!

—Estupendo. ¿Y dónde es ese evento?

–En una galería de arte –contestó ella, bajando la vista a su reloj–. Llamé diciendo que era tu asistente y se mostraron encantados de contar contigo como asistente al evento. Supongo que esperan que dones una buena suma a la causa. La mujer con la que hablé me dijo que enviaría a un mensajero con las entradas. Y ahora tengo que dejarte; tengo que ir a la peluquería y a comprar un vestido. He hecho una reserva en el La-Grange a las ocho. Quedamos allí.

Ni hablar. Cuando salía con una mujer a cenar hacía las cosas bien.

–Necesitaremos tiempo para diseñar una buena estrategia. Pasaré por tu casa a las siete y media para recogerte.

Cuando la vio enarcar las cejas, no pudo evitar que lo invadiera una cierta sensación de satisfacción. Laurel no era alguien a quien fuera fácil sorprender. Tendría que hacer aquello más a menudo; le gustaba la idea de darle de su propia medicina y descolocarla, como ella lo descolocaba a él.

–Bueno, si es porque necesitamos una estrategia… –claudicó Laurel finalmente.

Xavier sonrió y le dijo:

–Escoge algo elegante.

–Lo mismo digo –sugirió ella mirándolo de arriba abajo, como desaprobando la camiseta y los vaqueros que llevaba.

–He estado en docenas de eventos de ese tipo; creo que sabré qué ponerme –respondió él. Por fin tendría un motivo para volver a ser él mismo, el Xavier que vestía trajes de tres mil dólares aunque solo fuera para ir a la oficina–. Recuerda: a las siete y media.

Laurel alzó la barbilla con una media sonrisa, como reconociendo que había ganado ese asalto, y sé marchó.

Ataviado con su esmoquin favorito, Xavier ya estaba listo cuando dieron las siete, pero se obligó a tomárselo con calma. Lo último que necesitaba Laurel era munición para picarlo, y presentarse antes de tiempo en su casa le daría una idea de lo mucho que había esperado esa cita que no lo era.

Las etiquetas no eran más que un mecanismo para que los dos consiguieran lo que querían utilizando unos parámetros aceptables. Solo iban a cenar en un restaurante, y luego asistirían a esa exposición benéfica. Y la velada podría tener un final interesante. Cierto que el objetivo era recopilar ideas para el evento benéfico que tenían que organizar, pero no era menos cierto que los dos eran adultos y que se sentían tremendamente atraídos el uno por el otro.

En el momento en que tocó el timbre de Laurel a las siete y treinta y un minutos, esta abrió al instante, como si hubiera estado allí de pie esperándolo. Parecía que no tenía problemas en dejarle entrever que ella sí había estado esperando impaciente su llegada.

Y entonces se fijó en ella. Si había creído que sería capaz de mantener un ápice de control al verla, esa ilusión se desvaneció de inmediato. «Madre mía…».

–Laurel… Estás…

Su cerebro era incapaz de formar ninguna frase coherente. Estaba tan preciosa que rozaba lo etéreo. Parecía… un ángel.

No había duda de que el negro era su color. Hacía que su piel y sus ojos pareciesen más luminosos. Y el vestido tenía el largo perfecto para resultar recatado y para hacer fantasear a un hombre al mismo tiempo. Y esos zapatos de tacón de aguja que la hacían aún más sexy…

—He tenido suerte —contestó ella con una sonrisa—: es el primer vestido que me probé en la tienda y no era muy caro.

—Es…

Perfecto, quería decir, pero de pronto se le había secado la boca. Tragó saliva. ¿Qué diablos le pasaba? Solo era un vestido… No era la primera vez que recogía a una mujer en su casa para salir a algún sitio, pero ninguna lo había intrigado tanto como lo intrigaba Laurel.

Ninguna lo había irritado tanto como ella, ni lo había pillado desprevenido tantas veces seguidas como ella. Y ninguna despertaba en él ese algo que no sabía ni cómo explicar. Ya iba siendo hora de que dejase de ignorar esa sensación y decidiese cómo lidiar con ella.

Porque seguía sin confiar en Laurel. Además, no podía pensar en ella como una mujer deseable o no recobraría el control sobre sí mismo. Y lo necesitaba para sobrevivir a la velada. Laurel era su asistente e iba a acompañarlo, como ella había dicho, para hacer trabajo de campo; nada más.

—Estás muy guapa —le dijo, y se aclaró la garganta porque su voz sonaba demasiado ronca—. Si estás lista… —añadió señalando con un ademán la limusina que los esperaba junto a la acera.

Esperó a que Laurel cerrara con llave y la siguió

hasta el vehículo, intentando apartar la vista de su bonito trasero.

El vestido no dejaba la espalda al descubierto pero sí tenía un corte en uve hasta la cintura, y se había dejado el cabello suelto. La verdad era que teniendo un pelo tan bonito, sería una lástima que se lo recogiera con una coleta o un moño.

Cuando estuvieron sentados dentro de la limusina fue como si el ambiente se cargara de electricidad, y lamentó haber dado instrucciones para que no pusieran copas y una botella de champán en la parte de atrás como de costumbre porque aquello no era una cita. No le habría ido mal tener algo con lo que ocupar sus manos.

«Vamos, no seas patético», se reprochó.

–Me ha parecido curioso que hayas escogido un restaurante como LaGrange para la ocasión –comentó, por decir algo–. ¿Está entre tus favoritos?

Laurel se encogió de hombros. El vestido los dejaba al descubierto y eran unos hombros muy bonitos, de piel tersa y perfecta, como sus largas piernas. Empezaba a no estar seguro de si aquella salida era una idea brillante o la peor que se les podía haber ocurrido.

–Pues nunca había conseguido reservar una mesa, pero en cuanto dije que era tu asistente me dijeron que no había problema. Es decir tu nombre y la gente se pone en pie de un salto para complacerte –murmuró guiñándole un ojo–. Y espero que no pienses que soy una aprovechada, pero estoy disfrutando con esto de haberme subido al tren de Xavier LeBlanc.

¡Por todos los…! El tren aún no había salido de la estación… ¿y ya la tenía impresionada? Se mordió la lengua para no darle alguna de las muchas respuestas provocativas que se le pasaron por la cabeza sobre todo lo que podía esperar de él, y optó por esbozar una sonrisa.

–Conozco al dueño de LaGrange. No es que todo el mundo haga lo que ordeno y mando.

–Eso lo dudo mucho –murmuró ella–. Tienes toda la pinta de ser de los que no hacen prisioneros. Háblame de tu trabajo como director de LeBlanc Jewelers. Seguro que eres el rey de las salas de juntas.

Podría haberse dejado embriagar por sus halagos, pero por su tono le pareció que estaba intentando sonsacarle algo. «Interesante…», pensó, y decidió satisfacer su curiosidad, más que nada para ver si podía hacer que se fuera de la lengua y le revelase sus verdaderas intenciones.

–Yo soy el rey allá donde vaya: ya sea en una sala de juntas, en un salón… o en el dormitorio –dejó caer él, y la media sonrisa de Laurel le dijo que había captado la insinuación–. Aunque en la sala de juntas me limito a hacer mi trabajo; nada más.

–¡Qué modesto! Hace unos días leí acerca de LeBlanc Jewelers. Es una compañía de casi mil millones de dólares, y tengo entendido que desde que tomaste las riendas, hará unos cinco años, los beneficios han aumentado en casi un veinte por ciento. Es impresionante.

–Como he dicho, es mi trabajo. Si no fuera bueno en lo que hago, la junta directiva no me habría permitido conservar mi puesto. ¿Y qué me dices de ti? Cuando organicemos ese evento benéfico y yo vuelva a LeBlanc Jewelers, ¿qué te imaginas haciendo en el futuro?

No sabía si Val querría seguir contando con ella pasados esos tres meses.

–Me tomaré las cosas como vengan –respondió Laurel con sencillez–. No me va lo de hacer planes a largo plazo.

Eso hizo que a Xavier le picara la curiosidad.

–Entonces… ¿te describirías como una persona espontánea?

¿Qué esperaba sonsacarle con una pregunta como esa? Desde luego nada relacionado con el ámbito profesional; sonaba más bien a la clase de preguntas intrascendentes que se hacían en una primera cita. Habría preferido que se negase a contestarle, pero en vez de eso Laurel asintió y le regaló una sonrisa cargada de secretos.

–Estoy llena de sorpresas. Y también me gusta recibirlas.

–Lo tendré en mente. Háblame de tu experiencia organizando actos benéficos. No llegaste a decirme por qué te sentías cualificada para ayudarme a ese respecto.

Eso, de eso era de lo que tenían que hablar. No más preguntas del estilo de una primera cita.

–Como sabes trabajé en un centro de acogida para mujeres –le dijo ella–. Acudían a nosotros en busca de ayuda, y cuando las veías llegar, con la mirada cansada y los hombros caídos, lo único que querías hacer era volcarte por completo para borrar ese halo de derrota que las rodeaba. No contábamos con muchas subvenciones, así que tenía que buscar maneras creativas para asegurarnos de que no tendríamos que denegar la acogida a ninguna por mujer por falta de fondos –le explicó con ardor–. Si fracasábamos, sabíamos que habría por ahí alguna mujer que no podría huir de un hogar roto donde a ella o a sus hijos podrían hacerles más daño. Sentía que no podría soportar cargar con algo así sobre mi conciencia, y por eso sabía que no podía fracasar en el empeño.

–Ya, el fracaso no es una opción –murmuró Xavier. De eso él sabía bastante.

Ella esbozó una breve sonrisa que no se reflejó en sus ojos.

–Exacto. Por eso quería ayudarte. Vamos a ser un equipo estupendo porque somos iguales.

–¿Que somos qué?

–Iguales. Como dos gotas de agua. Para ti es tan importante que ese evento benéfico sea un éxito, que me contestaste para poder centrarte en eso; tú tampoco concibes la idea de fracasar.

La perspicacia de Laurel lo incomodaba. No le gustaba ser tan transparente.

–Te contraté para sustituir a una persona que había dimitido. Y en lo que se pedía en el anuncio no estaba el leer entre líneas.

Ella se rio y sacudió la cabeza.

–Por suerte para ti ese talento venía con el resto, así que te ha salido gratis. Pero si lo que he dicho antes no es cierto, dímelo. Tenemos que ser sinceros el uno con el otro. Si no, nuestro trabajo en equipo no funcionará.

No era que no tuviese razón, pero a él nunca le había gustado depender de nadie.

–Ya hemos llegado a nuestro destino –anunció.

Y por fortuna Laurel tuvo el buen acuerdo de dejar el tema cuando bajaron de la limusina.

Capítulo Cinco

Tenía un serio problema, pensó Laurel mientras miraba a hurtadillas a Xavier, que estaba admirando una escultura de chocolate. Y es que, cuanto más lo miraba, más ganas le entraban de intentar seducirlo. Claro que para eso él tendría que desencorsetarse lo suficiente como para dejarse seducir. Y ella no se lanzaría a algo así a menos que tuviese la certeza de que no pondría en peligro su investigación.

Lo que estaba claro era que no había palabras para describir el modo en que el esmoquin que llevaba Xavier resaltaba su figura. No era solo que estuviese guapísimo, porque ya de por sí lo era, llevara lo que llevara, es que le estaba costando un esfuerzo inmenso fingir interés en la exposición benéfica a favor de los niños autistas a la que habían acudido.

Bastante difícil había resultado ya la cena, teniéndolo sentado delante de sí una hora entera, y ahora que estaba de pie a su lado no podía pensar en otra cosa que no fuera cuánto lo deseaba. De hecho, si la besase en ese momento, dudaba que pudiera contenerse; respondería al beso con ardor, con pasión.

Para apartar esos pensamientos de su mente, se recordó la que había sido su peor pesadilla: el contrarreportaje que había demostrado que había acusado falsamente de connivencia al ayuntamiento. Un canal de noticias rival había aportado pruebas de que sus fuentes no eran fiables.

Y aquel contrarreportaje había corrido como la pólvora a la mañana siguiente de que se emitiera su reportaje. Y aún tenía que dar gracias por que el alcalde hubiese accedido a no presentar cargos por difamación después de que ella se disculpara públicamente y la cadena se retractara.

Jamás superaría del todo la vergüenza de haber cometido un error de esa magnitud. Pero esa vez se aseguraría de verificar los datos de su investigación, y a ese respecto Xavier era clave.

–Creo que se supone que es una *Venus de Milo* –comentó este, apartando los ojos de la escultura de chocolate para lanzarle una mirada–. ¿Tú ves aquí una *Venus de Milo*?

La exposición. Sí, mejor concentrarse en eso.

–Eh… sí, creo que le veo el parecido. Si guiñas los ojos y tratas de imaginarte que esa cosa informe de arriba es una cabeza.

Los labios de Xavier se curvaron en una media sonrisa.

–En realidad, eso es precisamente lo que hice cuando vi por primera vez la verdadera *Venus de Milo*. No soy capaz de apreciar una obra artística; será porque siempre me saltaba las clases de Historia del Arte en la universidad.

Laurel se rio; el arte tampoco era lo suyo.

–Yo dejé a un lado todo lo que no fuera estudiar para los exámenes, y me maté a trabajar para poder licenciarme habiendo devuelto el préstamo que pedí para pagarme la carrera.

–Eso es admirable –dijo él mientras pasaban a la siguiente obra.

Era una réplica del cuadro *Los nenúfares,* de Monet, y estaba hecha con caramelos machacados. De hecho, todas las obras de arte expuestas en la galería eran comestibles. Antes de la *Venus de Milo* de chocolate también habían visto un retrato de Homer Simpson hecho con cereales de arroz inflado y una representación muy buena de una pecera hecha con una sartén de hierro en la que se habían colocado unas cuantas sardinas enteras como si estuviesen nadando entre algas.

–Está hecho con Life Savers –observó Xavier con convicción, señalando el cuadro–. Me refiero a los caramelos.

–No, con Jolly Ranchers –replicó Laurel por llevarle la contraria, aunque no sabía qué esperaba conseguir.

A Xavier nada lo irritaba. Jamás. Era una de las cualidades que más lo exasperaban de él. Hiciera lo que hiciera, no se alteraba en absoluto: nunca alzaba la voz ni parecía que nada lo afectase.

Sin embargo, sentía una necesidad perversa de averiguar qué podría irritarlo, qué cosas lo apasionaban, o, al menos, qué podría hacer que se lanzase a la piscina y se dejase llevar por la fuerte atracción que había entre ellos.

–¿Tú crees? –respondió él calmadamente, tal como había imaginado que haría.

Laurel puso los ojos en blanco y se rio.

–Por supuesto. Los Jolly Ranchers se hacen añicos cuando los machacas, como el cristal o el hielo. Los Life Savers, en cambio, se rompen en pedazos grandes. ¿Ves esas esquirlas alargadas que forman las hojas en el cuadro? Está claro que son Jolly Ranchers.

Xavier se cruzó de brazos y la observó intrigado.

–Lo dices como si tuvieras experiencia rompiendo cosas. ¿Hay algo que deba saber, como que tienes muy mal genio?

–Bueno, seguro que alguna vez pierdo los estribos, pero solo machaco caramelos por diversión.

–¿Por diversión?

Laurel se encogió de hombros y optó por ser sincera.

–Por ver qué pasa.

–¿Con los caramelos?

–Con todo –respondió ella, extendiendo los brazos–. La curiosidad es la sal de la vida. ¿Qué gracia tiene quitarle el envoltorio a un caramelo y metértelo en la boca? Me gusta saber qué pasa cuando lo golpeas con un martillo, o cuando lo echas al fuego, o cuando lo dejas caer junto a un hormiguero. ¿Tú no sientes nunca esa curiosidad?

–Claro que sí –contestó él, bajando la vista a sus labios, como si sintiese una curiosidad completamente distinta–. Yo también quiero saberlo todo. Cuéntame.

Laurel tragó saliva. De pronto sentía esa electricidad entre ellos con más intensidad, como si el aire vibrase.

–Bueno, ahí está la gracia –dijo–, que no puedes contarle a alguien qué es lo que va a pasar. Tienes que sentir tú mismo esa necesidad de lanzarte al vacío, de aventurarte a ese viaje a lo desconocido porque no puedes soportar estar en la oscuridad. ¿Qué hay más allá del horizonte? La mejor manera de averiguarlo es navegar hacia él.

–Curiosidad… –murmuró él levantando la barbilla–. ¿No es eso lo que mató al gato?

–Sí, pero eso fue porque aquel gato ya había usado sus otras seis vidas y no le quedaba más que una –le informó ella con altivez–. Yo voy solo por… la quinta, creo.

Xavier se rio.

–Me encanta tu forma de enfocar la vida.

Aquel cumplido hizo que una sensación cálida la invadiera, como el primer sorbo de chocolate después de haber estado jugando en la nieve.

–Tengo muchas más peculiaridades como esa.

–¿En serio? ¿Cómo cuáles?

Se detuvieron en el espacio entre dos obras, donde no molestaban a nadie.

–¿Lo ves? Ya empiezas a captarlo –le dijo Laurel–: tienes que hacer preguntas y lanzarte de cabeza. Así es como descubres lo que pasa con todo –murmuró.

Había bajado la voz por lo cerca que estaban el uno del otro, y en parte también, tuvo que admitir para sus adentros, porque no quería reventar la burbuja que parecía haberse formado en torno a ellos.

–¿Y si resulta que lo que pasa es algo malo? –inquirió él, apoyándose en la pared y fijando sus ojos en ella.

De pronto habían pasado de hablar de la manera que tenían de enfocar la vida a algo totalmente distinto.

–Bueno, es que eso no se puede saber. Es parte de ese proceso de descubrir lo que ignoramos. Puede que sea algo muy, muy bueno. Solo hay una manera de hallar la respuesta a esa pregunta.

–Empiezo a ver a qué te refieres –murmuró él, y luego maldijo entre dientes–: esta atracción que hay entre nosotros no se va a desvanecer como si nada, ¿no?

Vaya, no se esperaba que fuera a ser tan directo,

pero le gustaba que no se fuese por las ramas. No pudo evitar que se dibujase una sonrisa en sus labios.

–Dios, espero que no… Me gusta cómo me haces sentir.

–Pues yo no puedo decir lo mismo.

A pesar de esa respuesta cortante, un cosquilleo recorrió a Laurel cuando Xavier apartó un mechón de su frente con la mano y le acarició la mejilla con ella al dejarla caer.

–¿No te gusta esa especie de electricidad que se desata cuando estamos juntos? –le preguntó, casi sin aliento.

Iba a besarla, pensó, y sintió que la expectación dentro de ella iba en aumento cuando Xavier le puso la mano en la nuca.

–No especialmente. No estoy acostumbrado a esa clase de torbellinos emocionales –admitió, y pareció tan sorprendido como ella al oírse decir eso. Era una confesión demasiado personal. Pero luego se encogió de hombros y añadió–: Tienes una habilidad especial para arrancarme reacciones con las que no sé ni qué hacer.

Eso sonaba prometedor.

–Ahora viene la parte en la que experimentas hasta que averiguas qué hacer conmigo –le susurró.

La mirada de Xavier se tornó ardiente mientras le acariciaba el vello de la nuca.

–Sé exactamente qué hacer contigo. Es conmigo con quien no lo tengo tan claro.

–Somos un equipo, ¿recuerdas? Lo averiguaremos juntos. Solo tienes que dar el paso y prepararte para sorprenderte con lo que descubrirás tras la cortina.

Xavier sonrió, como ella pretendía, pero no la atrajo de inmediato hacía sí para darle el beso que ansiaba.

–¿Seguro que quieres descorrer esa cortina? –inquirió–. La caja de Pandora es más que un mito, ¿sabes? Una vez se abre es demasiado tarde y no pueden volver a meterse dentro los vientos que hayan escapado.

Sí, ese era el problema. Su principal problema. Había saltado de múltiples «precipicios», solo para darse cuenta, a un paso del abismo, ya demasiado tarde, de que había olvidado el paracaídas. Sin embargo, no se había estampado contra el suelo las veces suficientes como para matar su curiosidad. Además, en cada ocasión siempre había logrado volver a levantarse y alejarse por su propio pie, así que…

Lo agarró por las solapas de la chaqueta y lo atrajo hacia sí lentamente. Las cosas buenas no debían apresurarse. Xavier dejó que alargara el momento antes de que sus labios se encontraran, y entonces se hizo con las riendas, besándola con ardor.

Era como si esa pasión la estuviera consumiendo de dentro a fuera, como si la boca de Xavier hubiese prendido fuego a cada nervio de su cuerpo. Y no era una llamita, como cuando se enciende una cerilla, sino una llamarada como la de un soplete. Y se extendía tan deprisa que de inmediato sintió vértigo.

Quería que la tocase, sentir su calor, su piel contra la suya. Quería ver la expresión de su rostro cuando le diese placer y cuando llegase al orgasmo. Quería saber cómo sería de intensa su mirada cuando, inclinado con la cabeza entre sus muslos, levantase sus ojos hacia los de ella.

Si consiguiese llevárselo a la cama, ¿conseguiría que se liberase por fin, que dejase a un lado ese férreo control que exhibía sobre sí mismo todo el tiempo? Eso sí que era algo que le gustaría ver. ¿Qué tendría que hacer para hacerle perder el control?

Como si intuyese que necesitaba más de él, Xavier hizo el beso más profundo, y al sentir su lengua ardiente deslizarse contra la suya la excitación de Laurel aumentó exponencialmente. El beso estaba arrastrándola a otra dimensión donde solo podía abandonarse a aquellas sensaciones, haciendo que no desease volver jamás a la Tierra.

Pero entonces Xavier despegó ligeramente sus labios de los de ella y le preguntó en un murmullo:

—¿Quieres que nos vayamos de aquí?

Laurel se dio de bruces con la realidad. Por supuesto que quería. Quería que la sacase de aquella galería de arte y la llevase a cualquier lugar que tuviese en mente para hacerle el amor, ya fuese la limusina, su cama o un jacuzzi. Y más aún si así podía averiguar qué teclas tenía que tocar para conseguir que se relajase y se mostrase como era en realidad. Pero no podía.

No se había embarcado en aquello para acostarse con él. Era una reportera de investigación y tenía la mala costumbre de meter la pata cuando dejaba que una fuente la distrajera. Porque eso era todo lo que Xavier podía ser para ella por el momento: una fuente para su investigación.

Y tampoco podía permitirse que su sentido de la ética acabase comprometiendo la investigación, porque, si encontrase algo sospechoso en la contabilidad de LBC, como parecía que era el caso, no quería sentirse culpable por utilizar esa información tras haber estado acostándose con el jefe.

¡Y vaya un momento para tener esa revelación! Debería haberlo pensado antes de empezar a besarlo. Haciendo acopio de fuerza de voluntad bajó los brazos del cuello de Xavier y dio un paso atrás, rogando para sus adentros por que su expresión no delatase cuánto detestaba apartarse de él.

—Perdona si te he dado la impresión equivocada —le dijo con tacto, remetiéndose un mechón tras la oreja con fingida naturalidad—. Pero que te haya besado no quiere decir que esté impaciente por acostarme contigo. Tenía curiosidad por saber cómo sería besarte. Y ahora que ya he satisfecho mi curiosidad, deberíamos seguir con el trabajo de campo.

¡Dios!, había sonado como si fuera una esnob, como si fuese por ahí besando a cualquiera solo por curiosidad y luego se alejase como si nada. Nada más lejos de la realidad. No solo no recordaba la última vez que la habían besado, sino que además, después de besarlo a él, no podía imaginar besar a ningún otro.

—No pasa nada —respondió él, inexpresivo—. La culpa es mía.

Por una vez Laurel se sintió agradecida por esa capacidad suya para mantener la calma en cualquier situación. Se habría dado cabezazos contra la pared si lo hubiese irritado por dar marcha atrás de esa manera después de haber estado flirteando con él.

Las manos le temblaban por la adrenalina contenida y nada le habría gustado más que volver a lanzarse a sus brazos.

—Gracias por tomártelo con tanta elegancia.

Xavier enarcó una ceja.

—¿Crees que es un gesto elegante por mi parte? Me

has dicho que no querías que la cosa fuera a más. Después de eso no hay una opción B.

Laurel parpadeó. ¿No iba a recordarle que había sido él quien había sugerido que llevar aquello al siguiente nivel no era una buena idea? Incluso le había dado la oportunidad de echarse atrás antes de besarla. Debería haberla aprovechado, pero no lo había hecho. ¿Por qué no se lo había echado en cara? Por supuesto que su gesto le había parecido elegante. En el fondo era un caballero, y para su desgracia eso no hacía sino que lo desease aún más.

Capítulo Seis

A la mañana siguiente Laurel se tragó su orgullo y fue a buscar a Xavier a su despacho con la sola intención de averiguar hasta qué punto había metido la pata la noche anterior. Cuando llamó a la puerta abierta y él levantó la vista, seguía con la misma expresión impasible.

Estupendo. Parecía que volvía a estar distante con ella. Tenía que solucionarlo o jamás conseguiría la información que necesitaba.

–¿Necesitas algo? –le preguntó Xavier.

–Quería disculparme por lo de anoche –respondió ella de sopetón, aunque no era lo que había querido decir.

¿Por qué tendría que disculparse? Tenía derecho a echarse atrás si quería. El problema era que no había querido hacerlo.

Xavier enarcó una ceja con esa calma que tanto la irritaba.

–¿Por qué?

–Pues porque no llegamos a hablar de nuestra estrategia respecto al evento que vamos a organizar. Nos… distrajimos.

–Es verdad, nos distrajimos –asintió él. Con un ademán le pidió que se sentara–. Cuéntame qué te pareció la exposición benéfica.

Laurel sintió una punzada en el pecho. No pensaba castigarla por haberse echado atrás la noche anterior. Incluso había repetido el «nos» como si en parte también hubiera sido culpa suya cuando en realidad era ella quien lo había empujado a besarla.

Xavier frunció los labios ligeramente mientras esperaba su respuesta, y el recuerdo de esos labios sobre los suyos la asaltó de nuevo, haciéndola sonrojarse mientras se sentaba.

—Bueno, la exposición en sí era interesante —comenzó a decir—, pero no me gustó como evento benéfico para recaudar fondos.

—¿Por qué no?

Laurel se encogió de hombros.

—Nadie quiere arte comestible. Es absurdo dar por hecho que conseguirás donaciones vendiendo obras hechas con chocolate o caramelos.

—Pero ya solo lo que costaba la entrada no era nada desdeñable. Seguro que con eso habrán sacado un montón de dinero, aunque hayan vendido pocas obras.

—No es así como funcionan esos eventos. El local no les saldría gratis. A menos que la galería les hubiera cedido su uso a modo de donación. A veces se hace, pero es poco habitual, y más si el evento se celebra en el horario en que están abiertos al público. Porque, si así fuera, además, la galería tendría que afrontar una pérdida en las ventas, ¿no?

—Cierto. Pero se benefician de la publicidad de esa clase de eventos benéficos. Aunque pierdan ventas, ganan por ese otro lado.

—Sí, pero también están los gastos del bufé y del bar. Puede que eso también corriera por cuenta de la galería, pero eso es algo aún más inusual. Las compañías de catering reciben constantemente peticiones para que donen sus servicios para esa clase de eventos, y suelen negarse para no hacerle el feo a nadie. Lo más común es pagar los gastos del evento con una parte de las donaciones.

—Pues eso me parece un tanto contradictorio —apuntó Xavier, entrelazando las manos e inclinándose hacia delante—: cuanto más dinero te gastas, menos dinero puedes destinar a la causa para la que querías recaudar donaciones. Eso no me gusta nada.

—Bueno, es el dilema de siempre. Por eso se oye tanto hablar de que con las fundaciones siempre hay un buen porcentaje que se pierde en los costes administrativos, comparado con lo que se destina a los fines benéficos que persiguen, ya sea investigaciones médicas o lo que sea —le explicó ella—. Por poner otro ejemplo: ¿querrías a alguien mediocre al frente de LBC, alguien que no podría conseguir un trabajo en otro sitio y que estaría dispuesto a trabajar a cambio de un salario mísero? ¿O preferirías a alguien de tu calibre, con experiencia al frente de una compañía? Eso tampoco sale gratis.

Xavier frunció el ceño, pensativo.

—Entendido. O sea, que el evento que organicemos debería tener unos gastos mínimos y una probabilidad elevada de conseguir donaciones cuantiosas.

—Más o menos.

Lo miró por el rabillo del ojo, tratando de calibrar cómo de fácil le sería pasar al tema del fraude fiscal sin despertar sospechas en él.

—Perdona si te parece que me estoy extralimitando,

pero… ¿cómo es que no sabes todo esto? –le preguntó–. ¿No fue tu madre quien creó esta fundación?

–Sí, pero este no es mi mundo. Nunca lo ha sido. Hasta ahora había estado volcado por completo en el negocio familiar: LeBlanc Jewelers.

–Pero es que son principios básicos –insistió ella con cautela, tanteando cómo proceder–. Contabilidad básica. Me imagino que le habrás echado un vistazo a los libros de cuentas de LBC en los meses que llevas aquí.

Xavier se encogió de hombros.

–Una o dos veces. La contabilidad me aburre. En LeBlanc Jewelers tengo gente que se ocupa de eso, y aquí igual.

No debería haber sentido un alivio tan inmenso como el que sintió al oírle decir eso. No probaba nada. Podría estar mintiéndole. Pero dudaba que así fuera. Y si no, probablemente no tenía ni idea de que se estaba produciendo ese fraude en LBC. Bueno, supuesto fraude… al menos hasta que encontrase pruebas concretas.

Porque cuando lo hiciera, habría gente que iría a la cárcel. Gente con la que probablemente había hablado y a la que había sonreído por los pasillos de LBC. Posiblemente la fundación se vería obligada a cerrar. Y si LBC escapaba a ese destino, lo más probable era que dejaran de recibir donaciones y Val se quedase sin empleo. Le había parecido un buen tipo el día que la habían entrevistado y, pasara lo que pasara con LBC, Xavier también se vería afectado… sobre todo si lo que averiguase implicaba a su hermano, y no se mostraría muy comprensivo hacia ella.

De pronto sintió que se le revolvía el estómago. Tenía que salir de allí antes de que empezase a importarle más la gente de LBC que su investigación.

Su conversación con Xavier se vio interrumpida por una emergencia en la cocina: un pequeño incendio que uno de los voluntarios había provocado accidentalmente. Nadie resultó herido y los bomberos llegaron poco después de que hubieran logrado extinguir las llamas.

Cuando los bomberos terminaron de revisar que estaba todo controlado y el peligro había pasado, se marcharon y muchos empleados, incluido Xavier, arrimaron el hombro para limpiar el desaguisado. Era el momento perfecto para escabullirse y husmear un poco.

Adelaide tenía su mesa perfectamente ordenada, con una caja de pañuelos en una esquina y un portaplumas solitario en la otra. Laurel sabía que sus posibilidades de husmear en su ordenador sin el usuario y la contraseña eran nulas, pero aunque pudiera hacerlo tampoco le serviría de nada. Ningún tribunal admitiría las pruebas que pudiera encontrar por esos medios.

Quizá en el archivo hubiera algo útil para su reportaje, pensó yendo hasta él. Al abrir el primer cajón se oyó un chirrido metálico que la hizo maldecir para sus adentros. Se quedó inmóvil, pero al ver que no se asomaba nadie a la puerta respiró aliviada.

Ojeó rápidamente el contenido de las primeras carpetas, deteniéndose un poco más en una que ponía «Evaluaciones de personal». Eso podría ser interesante. Tal vez algún empleado hubiese recibido una evaluación negativa y había decidido vengarse de la fundación manipulando los libros de cuentas.

Sacó la carpeta del cajón y la ojeó rápidamente, memorizando nombres y puntuaciones. Como la mayoría del personal de LBC eran voluntarios, no había tantas evaluaciones, y en la carpeta solo había copias firmadas, no los originales con todos los detalles, que seguramente se almacenaban de forma digital.

Allí no había nada que le pudiera servir. Guardó de nuevo la carpeta y estaba sacando otra cuando entró Adelaide. El pulso se le disparó. La mujer se paró en seco al verla y se subió un poco las gafas.

—Ah, hola, Laurel. Me preguntaba dónde estabas.

Ella dejó caer de nuevo la carpeta en el cajón con naturalidad y lo cerró, como si no hubiera estado husmeando. A veces hacer como que no pasaba nada servía para engañar a la gente.

—¿Ya está todo en orden en la cocina? —preguntó.

—Todo lo en orden que puede estar después del desaguisado que ha habido. He dejado a Jennifer al cargo para que supervise lo que queda por limpiar y arreglar. ¿Qué estabas buscando? Puedo ayudarte.

Mierda… Laurel tuvo que improvisar.

—¡Qué amable por tu parte! Estaba intentando averiguar qué clase de eventos benéficos había organizado Val en el pasado. Para recopilar ideas que podamos usar para el que queremos organizar Xavier y yo. Pero no quiero molestarte; ya me las apañaré sola.

Se sintió mal al contarle aquella mentira, y más cuando Addy sacudió la cabeza, chasqueando la lengua, y le dijo sonriendo:

—Por favor, no es ninguna molestia. Estoy en deuda contigo y aún no te he devuelto el favor.

—No me debes nada. ¿De qué hablas?

En vez de contestar, Adelaide avanzó y se abrazó a ella. Perpleja, Laurel la abrazó también, y cuando Adelaide se apartó vio que tenía lágrimas en los ojos.

–¡Te debo muchísimo! No soy tonta: sé que estás detrás de ese ascenso que me dio el señor LeBlanc. Él jamás habría hecho algo así si tú no se lo hubieras propuesto y… es que yo… me encanta LBC y… ¡ahora estoy al mando! Es como un sueño hecho realidad. Y nada de esto habría ocurrido de no ser por ti.

Por alguna razón eso hizo que Laurel se sintiera aún peor. Probablemente porque solo había instigado esa idea en Xavier para poder tenerlo más cerca y sonsacarle información. Aunque no le habría propuesto que ascendiera a Adelaide si no hubiera creído que desempeñaría maravillosamente ese trabajo.

–Eres perfecta para el puesto. Xavier solo necesitaba que alguien se lo indicara porque los árboles no le dejaban ver el bosque. En fin, es un hombre.

Adelaide asintió y puso los ojos en blanco.

–Ya lo creo. No se parece en nada a su hermano, desde luego. A Val le importa LBC y adora a todo el personal. Para él no es solo un trabajo, igual que tampoco lo es para el resto de nosotros. Dudo que el señor Leblanc lo entienda.

–Eso no es verdad –la corrigió Laurel al instante–. Xavier y yo fuimos a un evento benéfico anoche para conseguir ideas para el que vamos a organizar. Está más comprometido con LBC de lo que crees.

¿Qué estaba haciendo, defenderle? Bueno, lo cierto era que estaba convencida de lo que había dicho: a Xavier le importaba LBC.

Hacía unos minutos lo había visto ayudando a limpiar el desaguisado tras el pequeño incendio fortuito en la cocina con unos cuantos voluntarios. Y hacía unos días también lo había encontrado en el almacén, apilando cajas. No se consideraba demasiado importante para ninguna tarea, por insignificante que fuera. Y eso decía mucho de su carácter.

Adelaide no parecía muy convencida cuando la miró, antes de sentarse tras su mesa.

—Si tú lo dices tendré que creerlo. Pero, volviendo a lo que estábamos hablando, dudo que haya nada sobre los eventos benéficos en las carpetas de Marjorie. ¿Por qué no llamas a Val? Él siempre tiene buenas ideas.

—Estoy segura de que sí, pero tú eres ahora la gerente. ¿Qué harías tú?

Adelaide parpadeó y se quedó pensativa.

—Le pediría al resto del personal que donaran cosas hechas a mano por ellos para subastarlas —dijo con decisión—. Quiero decir que… bueno, todo el mundo tiene alguna afición, como tricotar o hacer colchas de *patchwork*. Algunos días no hay mucho que hacer por aquí, así que nos traemos algo para hacer y nos sentamos juntos en el comedor. Algunos hacen verdaderas obras de artesanía.

La idea que Adelaide acababa de darle empezó a tomar cuerpo en la mente de Laurel. Era una idea estupenda. Así involucrarían en el evento a los empleados, que les ayudarían a publicitarlo, y podrían anunciar los objetos que iban a subastar como «piezas únicas».

Sin embargo, aunque esos objetos estarían hechos con amor, dudaba que nadie pagara mucho por ellos. Sobre todo si las personas que invitasen al evento eran gente de dinero, acostumbrada a tener lo mejor de lo mejor. Pero desde luego la idea tenía potencial si la afinaba un poco.

—Es una idea fantástica. Se la expondré a Xavier. No sabes cómo me alegro de haber hablado contigo.

Se alejó de espaldas hacia la puerta. Era un buen momento para salir de allí antes de que el sentimiento de culpa la asaltara de nuevo.

—Ah, yo también –dijo Adelaide con entusiasmo–. Ven cuando quieras. Me encanta poder tener una confidente que me escucha. Eres lo mejor que le ha pasado a LBC en mucho tiempo.

¿La veía como a una confidente? Eso era lo que necesitaba para su investigación, que confiara en ella.

—Me halagas, gracias. Solo intento ayudar a Xavier a solucionar los problemas. Hablando de lo cual… ¿te importaría si me pasara por aquí mañana para hablar de otras cosas que necesitan mejorarse?

—Claro. Mi puerta está siempre abierta.

Laurel asintió y respondió con una sonrisa a la contagiosa sonrisa de Adelaide. Aquella encantadora mujer iba a serle de gran utilidad, pensó mientras se alejaba por el pasillo.

—¡Ah, ahí estás!

La profunda y aterciopelada voz de Xavier detrás de ella la hizo volverse. Se lo encontró mucho más cerca de lo que había esperado, y su masculinidad, con esos bíceps impresionantes que asomaban por las mangas de la camiseta, la abrumó como siempre.

—¿Acaso estaba perdida? –inquirió en tono de broma.

—Es que no te he visto desde el incidente del incendio.

¿Se había dado cuenta de que se había escabullido? Aquello podía ser un problema. ¿Cómo iba a llevar a cabo su investigación si estaba pendiente de ella todo el tiempo?

Sin embargo, le agradaba enormemente saber que había notado su ausencia.

–Estaba dándole vueltas a una idea para el evento –mintió.

–Cuéntame –le pidió Xavier apoyándose en la pared y cruzándose de brazos.

Estaba tan sexy que se le secó la boca.

–Bueno, en realidad la idea es de Addy: una subasta.

Xavier frunció los labios.

–¿Como esas subastas de solteros en las que adorables ancianitas pagan diez mil dólares para que un tipo guapetón las invite a tomar té?

–Eh… no exactamente. Pero ahora que lo mencionas, suena interesante –murmuró Laurel, deslizando la mirada por su atlético cuerpo–. ¿Te prestarías a la subasta?

–Eso depende –contestó él con un brillo travieso en los ojos–. ¿Tú pujarías? –inquirió enarcando una ceja.

¡Ay, Dios! Aquella no era una de esas ocasiones en las que ser sincera sería lo mejor para ella. El olor acre a quemado aún flotaba en el ambiente, un recordatorio de lo fácilmente que una simple llamita podía descontrolarse y convertirse en un devastador incendio.

–Solo por ti.

Mierda… Se le había escapado. Pero era la verdad. Por algún motivo cuando estaba con él siempre se le escapaba la verdad, y eso podía ser peligroso para ella.

La sonrisa que se dibujó lentamente en el rostro de Xavier hizo que una ola de calor aflorara en su interior.

–Creía que ya había satisfecho tu curiosidad –apuntó–. ¿O es que se te ha ocurrido alguna pregunta más que te mueres por que conteste? –inquirió con voz ronca.

–Tal vez –murmuró ella. ¡Dios!, se suponía que tenía que dar marcha atrás, no echar más leña al fuego. Aquello no podía acabar bien, pero le era imposible parar. Tan imposible como volver a meter una bala en el cargador una vez disparada–. Mi primera pregunta es: ¿se te da bien preparar té?

Xavier se rio y levantó la barbilla.

–Me temo que tendrás que ganar la puja para averiguarlo.

Se le ocurrían un sinfín de respuestas provocadoras que podría darle, pero ninguna apropiada para ser dichas allí, en medio del pasillo. Tenía que alejarse de ese precipicio del que se moría por tirarse para caer en sus brazos.

–Eso sería si hiciéramos esa puja de solteros… cosa que no vamos a hacer –le informó, contrariada por la decepción que sintió al decirlo–. Nos quedaríamos sin solteros en un abrir y cerrar de ojos.

–Pues es una pena –respondió él. Había una expresión curiosa en sus ojos azules, y Laurel no pudo evitar pensar que él también había sentido esa misma decepción–. Me estaba empezando a gustar la idea.

Laurel parpadeó. No debería darle falsas esperanzas. Sería injusto. No podía volver a besarlo ni dejarse llevar por la atracción que había entre ellos. No se podía estar a la vez en misa y repicando.

–Bueno, si te parece bien la idea de Addy, podrías ayudarme pidiéndole a tus amigos y socios de negocios que donen algún objeto. En vez de solteros, el tema de la subasta será: «Algo único». Cuanto más caros, exclusivos y especiales sean los objetos, mejor. A la gente le encantará la idea de pujar por cosas que no podrían conseguir en ningún otro lugar.

Xavier asintió.

–Me parece bien; es una buena idea.

–Fantástico –respondió ella en el tono más alegre que pudo, empezando a alejarse de él antes de perder la cabeza–. Pues voy a ponerme con ello –añadió.

Huyó en dirección a su pequeño despacho y por suerte Xavier no la siguió.

Capítulo Siete

Xavier decidió darle a Laurel un poco de espacio durante varios días. Sabía que se había pasado un poco cuando se la había encontrado en el pasillo, después del incendio. Pero es que había sido ella la que había empezado a flirtear con él con lo de la subasta de solteros, y había empezado a seguirle la broma y luego de repente lo había cortado en seco. Había sido como chocarse de cabeza contra un muro de ladrillo.

Se había distanciado de nuevo, como en la galería de arte. Lo exasperaba profundamente, pero al fin se había dado cuenta de que era él el que tenía un problema, no ella.

Estaba fastidiando su plan. No sabía muy bien cómo. Por el momento había fracasado miserablemente en su intento de averiguar qué le ocultaba, y en vez de eso había descubierto a una mujer con la que le gustaría pasar más tiempo. Mucho tiempo, y no solo en la cama. Y eso estaba volviéndole loco. Quizá después de todo lo de dejarle un poco de espacio también le iría bien a él.

Se distrajo llamando a sus contactos de negocios y a sus compañeros de la universidad para conseguir objetos para la subasta. Las conversaciones con unos y con otros resultaron demasiado tensas y formales, por lo que no le sorprendió que no estuviera obteniendo demasiados resultados. Y la fecha límite que había puesto su padre en el testamento estaba cada vez más próxima.

Casi podía oír a su padre riéndose desde el más allá, pero eso no hizo sino que se reafirmase en su determinación de superar el reto que le había impuesto. No dejaría que su padre ganase aquella partida de ajedrez que había organizado antes de morir, aunque estaba claro que, Dios sabía por qué, le había puesto aquella prueba con la intención de hacer que fracasara.

Probó con el siguiente contacto en su agenda y de nuevo veía que no iba a conseguir nada cuando, de repente, en medio de una frase, recordó algo que le había dicho Laurel: «La gente no dona dinero porque sí; lo donan para una causa en la que creen».

Si no estaba consiguiendo resultados, era porque no creía en los objetivos de LBC. Aquella revelación lo inquietó. No se consideraba una persona egoísta o insensible al sufrimiento de aquellos con menos suerte que él. ¿No había estado ayudando ayer a reabastecer la cocina, cargando pesados sacos de patatas?

Su madre había fundado LBC y le había dedicado mucho tiempo y esfuerzos. Luego Val había seguido sus pasos y había tomado el relevo cuando ella se había jubilado.

Su hermano sentía verdadera pasión por su trabajo, y en ese momento él se encontraba a un paso de admitir que el que su hermano hablara y actuara siempre con el corazón en la mano podría ser la razón de que con él LBC hubiese funcionado tan bien.

Él no tenía esa pasión. Había cosas que le interesaban, cosas con las que disfrutaban, y tenía unos principios por los que se regía, pero era evidente que con eso no le bastaría para pasar la prueba que le había impuesto su padre. Si quería conseguir los quinientos millones de dólares, tendría que esforzase más. Tendría que ser como… como Laurel.

En ella también había pasión. Se desbordaba cuando hablaba del tiempo que había estado trabajando en el centro de acogida para mujeres. De hecho, rezumaba convicción hablase del tema que hablase.

Se levantó de la silla y salió de su despacho para ir en su busca. El despacho de Laurel estaba en el extremo opuesto del edificio, el único disponible después de que Adelaide hubiera ocupado el despacho de Marjorie. Pero no la encontró allí y la silla estaba pegada a la mesa, como si hubiese salido y fuera a tardar en volver, y no como si hubiese salido a por un café o algo así. Frustrado, se puso a buscarla hasta que finalmente la encontró en una de las salas de reuniones.

Estaba de pie en la cabecera de la larga mesa, dirigiéndose a cuatro jóvenes que la escuchaban embelesados. Por su aspecto –todos con ropa cara aunque informal– debían ser voluntarios de Northwestern. De esa universidad provenían la mayoría de los voluntarios que llegaban a LBC, aunque aquella era la primera vez que veía a Laurel tomar parte en las charlas de bienvenida.

En vez de interrumpir, se apoyó en el marco de la puerta con los brazos cruzados para escucharla. Era tan preciosa, hablaba tan bien y de un modo tan vivaz, que en ningún momento dejó de atender a lo que estaba diciendo.

–Y eso es lo que hacemos aquí –concluyó–: dar esperanza a la gente. Porque si pensáis que lo único que hacemos aquí en LBC es darles de comer, perdéis de vista lo que de verdad importa: la persona. Tener algo con lo que llenar el estómago es importante, sí, esencial para vivir, pero también lo es comprender lo que representa para esas personas. Y para muchos de ellos lo que representa es eso: esperanza.

Los cuatro voluntarios aplaudieron, y Xavier casi estuvo a punto de imitarles, pero en ese momento Laurel levantó la mirada, vio que estaba allí, y la sonrisa que iluminó su rostro desterró todo pensamiento lógico de su mente.

—Estáis de suerte, chicos —les dijo a los jóvenes, señalando a Xavier con un ademán—: el señor LeBlanc ha pasado a saludaros.

Los voluntarios se giraron en sus asientos, y uno de ellos se levantó de inmediato y fue a estrecharle la mano con entusiasmo.

—Me llamo Liam Perry, señor. Mi padre es el director de Metro Bank y es cliente de LeBlanc Jewelers desde hace muchos años. Es un honor conocerle.

—¿Tu padre es Simon Perry? —inquirió Xavier innecesariamente.

Por supuesto que tenía que serlo. Solo había un director de Metro Bank y era así como se llamaba.

El joven asintió.

—Sí, señor.

La cosa era que Xavier siempre había pensado que Simon Perry era de su edad. Bueno, quizá no exactamente de su misma edad, pero no mucho más mayor. Y sin embargo, por lo que parecía, estaba casado, tenía un hijo universitario… y probablemente alguno más.

La idea de formar una familia siempre le había aterrado. Y ahora Val y su esposa iban a tener un bebé, y hasta eso le parecía que había pasado demasiado pronto, demasiado deprisa. Su hermano parecía llevarlo bien, pero él no se sentía preparado para algo así.

Y conocer al hijo de Simon Perry se le hacía aún más raro. ¿Cómo llegaba un hombre al punto de embarcarse en algo así sin sentir que estaban metiéndose en un berenjenal durante las dos próximas décadas?

Xavier apartó esos extraños pensamientos de su mente, charló un rato con el joven Perry y los otros voluntarios, y esperó a que Laurel los enviara a la cocina con Jennifer, donde pasarían el resto de la tarde ayudando a preparar la cena que se iba a repartir.

Cuando al fin estuvieron a solas, Laurel se volvió hacia él y se quedó mirándolo.

–¿A qué debo este honor? –le preguntó.

–¿Es que no puedo asistir a las charlas de bienvenida a los nuevos voluntarios si quiero? –replicó él con humor. El perfume de Laurel olía a una mezcla de vainilla y limón, dos aromas que nunca hubiera dicho que pudieran combinar bien. Ni que esa mezcla en ella pudiera resultar tan erótica–. Hablando de lo cual... ¿desde cuándo te ocupas tú de estas charlas?

Laurel encogió un hombro.

–Hago lo que se necesite que haga. Suele ocuparse Marcy, pero hoy tenía que llevar a su hija al dentista porque iban a sacarle la muela del juicio, así que me ofrecí.

Xavier sentía que debería saber esas cosas. Era Adelaide quien se ocupaba de coordinar todo eso, pero estaba seguro de que Val sí sabría quién daba normalmente esas charlas y hasta el nombre de la hija de Marcy. Seguro que ya habría hecho que una floristería le mandara un ramo a la chica, y no le habrían presentado a los voluntarios como «señor LeBlanc», sino como «Val».

Necesitaba la ayuda de Laurel para salir de aquel atolladero.

–¿De dónde has sacado ese discurso que estabas dándoles? ¿Es el que les dan normalmente y te lo habías aprendido?

–No, lo he improvisado –le confesó ella con una sonrisa radiante–. Me pareció que les hacía falta oír eso. Porque para empezar algunos de esos voluntarios en realidad no quieren estar aquí, así que he intentado hacerles ver que lo que hacemos aquí es algo más que ponerle comida a la gente en la mano.

Xavier se quedó mirándola algo contrariado.

–¿Que no quieren estar aquí? Eso sí que es nuevo para mí. ¿No se supone que son precisamente eso, voluntarios, que vienen por voluntad propia?

–Bueno, eso es lo que cabría esperar. Pero muchas veces les requieren hacer este voluntariado para conseguir créditos en la carrera. A otros les animan a hacerlo la empresa en la que trabajan. Hay muchas razones por las que acaban aquí, y pocas veces es porque estén deseando tratar con un puñado de gente sin hogar.

A él todo aquello le sonaba a chino. ¿Cómo podía ser que no se hubiera enterado de aquello hasta entonces? ¿O cómo no se le había ocurrido preguntarlo? Había estado centrado en las donaciones porque era lo que estipulaba el testamento, pero Laurel acababa de descubrirle una nueva dimensión de LBC que hasta ese momento ni había explorado.

–Bueno, tú sí estás aquí porque querías ocuparte de esa gente sin hogar –apuntó.

–Pero no soy una voluntaria –le recordó–. He elegido trabajar aquí porque este trabajo significa algo para mí.

Eso era en lo que él tenía que incidir. Fue a cerrar la puerta y se apoyó en ella. No quería que los interrumpieran.

–¿Qué quieres decir? Dime por qué crees tú en esta fundación.

–¿Para que lo apuntes y luego lo repitas como un loro? –le espetó ella enarcando una ceja–. Dime por qué crees tú en LBC. ¿Qué es lo que hace que vengas aquí cada mañana?

«Mi herencia». Aquellas palabras acudieron a su mente de inmediato, pero no fue capaz de pronunciarlas. Era cierto aquello de que el dinero movía el mundo, pero él ya era un hombre rico. Lo que quería era lo que le correspondía por derecho. Lo que creía que ya se había ganado después de todo lo que se había esforzado al frente de LeBlanc Jewelers con la esperanza de obtener la aprobación de su padre.

En vez de eso, al morir su padre, su mentor, le había encomendado una tarea casi imposible porque no tenía la pasión necesaria para completarla.

–Cruzo cada mañana las puertas de este edificio porque necesito demostrar que tengo lo que hay que tener –le dijo con una sinceridad descarnada–. He tenido éxito en todo lo que he intentado hasta ahora, y no puedo dejar que esto me venza.

Laurel esbozó una sonrisa amable.

–Exacto –susurró–. Y ahora imagínate que estás en el otro lado, y piensa en lo que acabas de decir desde la perspectiva de alguien que necesita la ayuda que presta LBC.

Embelesado por su voz, Xavier cerró lo ojos e hizo lo que le pedía. Ya no era un director de empresa con todos los privilegios, dolores de cabeza y responsabilidades. Era un hombre que sabía lo que era tener la suerte en su contra, no tener esperanza alguna y no poder contar con nadie más que consigo mismo.

Laurel tomó su mano y se la apretó. El suave tacto de su mano lo desconcentró, pero no abrió los ojos.

–No pasa nada. Sé que tienes hambre y que te sientes derrotado –murmuró Laurel, hablándole como si fuese un indigente de verdad–. Estoy aquí, a tu lado. No tienes que sobrellevar esto tú solo. Deja que te dé algo de comer. Así podrás recuperar las fuerzas para decidir hacia dónde quieres encaminar tu vida.

Sí, no tenía por qué enfrentarse solo al reto que le había impuesto su padre. Igual que la gente que pasaba hambre en Chicago podía contar con ellos. LBC se preocupaba de las verdaderas necesidades de la persona. No se trataba de la comida, sino de ayudar al individuo a sanar su alma cuando todo parecía perdido. Se trataba de devolver a esas personas la fe en sí mismos.

Podía vender eso. ¡Dios, podía vender eso! Abrió los ojos y le preguntó emocionado a Laurel:

–¿De dónde ha salido todo eso? No llevas trabajando aquí nada de tiempo. LBC pertenece a mi familia, y yo jamás habría sido capaz de expresarlo con tanta claridad.

–Me ha salido de aquí –contestó ella dándose unas palmadas en el corazón con la mano libre–. También es mi historia: me niego a rendirme, pero sé que a veces la determinación por sí sola no basta.

–Empiezo a darme cuenta.

Tampoco podía negar que quizá no se había equivocado al decir lo mucho que se parecían el uno al otro. ¿Cómo sino podría haber verbalizado con tanta facilidad lo que él sentía en su interior?

–¿Sabes qué es el infierno para mí? –le dijo Laurel–. No tener a nadie con quien contar, nadie que me apoye cuando me he caído. Encontrarse esa mano que te ayuda a levantarte es lo que me da fuerzas para seguir caminando.

Esa era la clave de toda aquella conversación: la determinación era solo el primer paso, pero a veces había que dejar a un lado el orgullo y tomar la mano de la persona que te estaba ofreciendo su ayuda.

De pronto lo veía todo tan claro… Laurel había estado guardando las distancias porque sabía que le costaba confiar. Era como un libro abierto para ella, y acababa de demostrárselo.

¡Dios!, era un tonto. Laurel había advertido sus reticencias a trabajar codo con codo con ella, y por eso se había sentido obligada a distanciarse un poco. Había demostrado su valía profesional desde el primer día, pero él había titubeado todo el tiempo, ignorando la ayuda que le ofrecía.

No podía confiar en ella, pero estaba esa química increíble que había entre ellos… La atrajo lentamente hacia sí, dándole tiempo para imaginar cuáles eran sus intenciones y rechazarlo, si es que aún no había aceptado, como él, que aquello era inevitable. Cuando sus ojos se encontraron, ella lo miró sobresaltada. La temperatura parecía haber subido de repente.

–Xavier, no podemos… –murmuró.

–Claro que podemos –le aseguró él. Sin embargo,

en deferencia a esa protesta, en vez de rodearla con sus brazos, se limitó a acariciarle la mejilla con el dorso de la mano–. No aquí, pero pronto.

Laurel sacudió la cabeza, aunque no se apartó.

–Soy yo la que no puedo. Es…

–Shhh… Lo sé. Te preocupa el hecho de que trabajamos juntos –respondió él. El tacto de su piel era pura poesía. Le encantaría encontrar las palabras para describir lo que sentía al tocarla–. Pero eso no debe preocuparte. Solo voy a estar aquí unos meses; luego volverá Val. Pero hasta entonces vamos a colaborar estrechamente para organizar ese evento, y creo que es cuestión de tiempo que acabemos rindiéndonos a la atracción que hay entre nosotros. ¿Por qué esperar?

–Porque yo no pienso hacerlo –replicó ella con fiereza–. Te estás dejando llevar por las emociones, no por la lógica.

–¡Exacto! –exclamó él. Ahora que por fin lo veía todo claro, ¿era ella la que se ponía obtusa? Resultaba tan irónico que no pudo evitar reírse–. Nunca me había dejado llevar por las emociones. Jamás. Es la primera vez que me pasa. No me pidas que lo reprima, ayúdame a abrirme a esas emociones.

–Xavier…

–Por favor, Laurel: te necesito. Permite que me deje llevar por la pasión. Deja que te corteje mientras trabajamos juntos en lo del evento. Seguro que se me darán fatal las dos cosas, así que necesitaré que seas sincera conmigo y me lo digas cuando esté metiendo la pata –le pidió con una sonrisa, que le arrancó otra a ella también–. ¿Qué mujer en sus cabales rechazaría algo así?

Laurel se rio, pero luego esbozó una media sonrisa y lo miró vacilante.

–Si me dejaras al menos decir algo…

–Dirías que sí.

La tomó de la barbilla y le acarició los labios con el pulgar. Laurel no se apartó, sino que se inclinó hacia él con una sonrisa. Con eso le bastaba.

Apoyándose en esa pequeña muestra de consentimiento, acercó sus labios a los de ella y empezó a besarla con pasión. La lengua de Laurel se unió ansiosa a la suya y le rodeó el cuello con los brazos.

Cuando se aferró con los dedos a su nuca, captó el mensaje y la atrajo más hacia sí, deleitándose con la sensación de su cuerpo apretado contra el suyo. Quería tocar su piel, su pelo, que ella recorriera su cuerpo con las manos…

Laurel se puso de puntillas, arqueándose hacia él, y las caderas de ambos se alinearon con tal perfección que se quedó sin aliento. ¡Dios!, era increíble… Era como energía en estado puro que electrizaba todo su cuerpo.

Le ladeó la cabeza para cambiar el ángulo del beso, y dejó que sus manos se deslizaran hasta su maravilloso trasero. Lo notaba firme contra las palmas de sus manos, y de inmediato supo que desnuda sería aún más espectacular.

–Laurel… –murmuró mientras separaba sus labios de los de ella para cubrirle el cuello de pequeños besos–. Cena conmigo mañana…

Laurel soltó un suspiro tembloroso. Le mordisqueó el lóbulo de la oreja y la oyó aspirar por la boca, excitada, y cómo subía su pecho, aplastándose contra el suyo.

–Xavier, yo…

Un gemido ahogado escapó de su garganta cuando le dio un chupetón en el cuello. Quizá no debería haber aspirado tan fuerte porque podría quedarle marca, pero le gustaba la idea de que Laurel luciese en la piel una marca de su pasión. Y siempre podría ocultarla con la ropa; sería un secreto entre los dos.

Le bajó cuidadosamente la blusa de un hombro, y sus labios descendieron beso a beso por su clavícula. Laurel se tambaleó ligeramente, pero le puso una mano en el hueco de la espalda para sostenerla.

El suave hombro que había dejado al descubierto parecía estar llamándolo, y lo besó también, abrasándolo con su boca. Laurel le agarró por la camiseta con ambas manos y tiró, atrayéndolo más hacia sí.

Cuando finalmente levantó la cabeza, vio que esa vez sí había quedado una marca en su piel. No era mayor que una moneda de diez centavos, pero le produjo una enorme satisfacción.

–Después de cenar pienso dejarte más marcas como esta. En los muslos, en el hueco de la espalda, en el pecho…

Laurel cerró los ojos, como buscando en su interior la fuerza para resistir.

–No puedes decir esas cosas… –murmuró.

–¿Porque es inapropiado?

–¡No, porque haces que quiera que me hagas todo eso! –le espetó ella, resoplando de frustración–. Esto no está bien, no debería desearte de esta manera…

Xavier no pudo evitar sonreír.

–No veo dónde está el problema. Tú solo deja que te lleve a cenar. Sin presiones. Necesito una acompañante. Será una cena en casa de mi hermano, algo informal. Y como no estaremos a solas no tendrás que preocuparte porque vaya a arrastrarte a un dormitorio a hacerte apasionadamente el amor.

Por algún motivo Laurel seguía conteniéndose. Probablemente porque aún notaba esa vacilación en él. No podía dejar que pensara que seguía sospechando de ella cuando estaba esforzándose por cambiar.

–Vamos, Laurel –le suplicó–. Di que sí. Te prometo que tendré las manos quietas si es lo que quieres. Solo será una velada que pasaremos juntos. A mí me encantaría. Así que… si a ti también te gustaría, te recogeré mañana a las siete.

–Debería decir no –murmuró Laurel, pero sacudió la cabeza y se rio–. ¿Me prometes que solo será una cena y nada más?

–Palabra de honor –respondió Xavier, besándola en la mejilla antes de soltarla–. ¿Lo ves? Puedo dejar de tocarte si me lo pides.

Laurel dio un paso atrás, con las mejillas arreboladas mientras se ponía bien la blusa.

–No debería ir, pero está bien, acepto.

Le había costado tanto convencerla que a Xavier se le puso una sonrisa enorme en la cara.

Tenía treinta y seis horas para pensar en cómo vencer el resto de sus objeciones. Treinta y seis horas para convencer a Val de que organizara una cena en su casa y lo invitara. Después de todas las dificultades por las que había pasado, eso debería ser pan comido.

Capítulo Ocho

Al día siguiente Xavier salió de LBC a mediodía para asistir a un seminario en la zona norte de la ciudad. Y, en cuanto se hubo marchado, Laurel aprovechó para colarse en su despacho.

Tenía que encontrar algo que pudiera usar para su reportaje. Lo que fuera. Solo tenía que ser algo lo bastante sustancial como para presentar su dimisión antes de las siete.

Solo así podría ir a esa cena con él. Si no, tendría que cancelar la cita, por más que la sola idea de no poder pasar la velada con él hiciese que le entrasen ganas de llorar.

Sí, era un desastre, una persona débil que había acabado cediendo a la tentación. Debería haberse negado, haberse mantenido firme, y desde luego no debería haber dejado que la besase, pero… ¡Por Dios!, ¿cómo? Aquel hombre parecía tener algún tipo de poder secreto que la hacía enmudecer, que le nublaba la mente.

Al entrar a hurtadillas en su despacho, vio que había dejado el portátil sobre la mesa, pero estaba apagado y necesitaría su nombre de usuario y la clave para encenderlo. «Es igual», pensó. Ya encontraría algo en el archivo. Sin embargo, mientras ojeaba el contenido de las carpetas, empezó a pensar de nuevo en aquel beso en la sala de reuniones.

Cuando le había pedido que fuera con él a cenar, había tenido que hacer un esfuerzo enorme para decirle que no. Y entonces él había tenido que ir y hacer lo único que podía hacer que ella accediera: prometerle que solo sería una cena y que mantendría las manos quietas.

Desde un punto de vista ético había tenido claro que aquella era la única condición bajo la cual podía aceptar esa invitación. Eso, o abandonar su investigación.

Ese pensamiento hizo que sus manos se detuvieran sobre las carpetas. ¿Y si lo hiciera? ¿Y si renunciara a su carrera de periodista? Tenía un empleo allí, en LBC. Nadie tenía por qué saber que lo había conseguido bajo un falso pretexto; solo les diría que quería seguir allí por el motivo correcto: para ayudar a la gente. Y entonces podría salir con Xavier sin temor.

Sin embargo, se le encogía el corazón de solo pensar en arrojar por la borda toda su carrera periodística. No, tenía que seguir adelante con la investigación. Había una manzana podrida en LBC. Si abandonaba, ¿quién destaparía aquel fraude? Era todavía menos ético abandonar la pelea simplemente para poder acostarse con Xavier sin sentirse culpable. Su investigación era importante y él, a pesar de todo, solo era un hombre como los demás.

No, no lo era. Xavier era especial. Lo sentía cuando sostenía su mano, lo veía en sus ojos cuando la miraba. La hacía sentir especial. Podía haber algo increíble entre ellos, y ella iba a perdérselo porque se había puesto a sí misma entre la espada y la pared.

Parpadeando para contener las lágrimas que se le habían saltado, siguió revisando la carpeta que tenía en la mano. La repasó de principio a fin. Nada destacable, gracias a Dios.

Cerró el cajón haciendo el menor ruido posible, siguió con el siguiente y luego con el siguiente, fingiendo que estaba siendo muy concienzuda en su búsqueda cuando para sus adentros sabía que más bien lo que estaba siendo era bastante descuidada. ¿Pero qué le estaba pasando?

Lo que debería hacer era encontrar pruebas sólidas, salir de allí y no volver a aparecer por LBC. Si dejase de ver a Xavier a diario ya no tendría que preocuparse por lo mucho que lo deseaba. Dios… ¿a quién quería engañar? ¡Si pensaba en él hasta cuando no estaba con él! Había aceptado su invitación a cenar porque albergaba la tonta esperanza de que por arte de magia se materializaría la solución perfecta que lo arreglaría todo.

No había nada en aquel despacho que pudiera utilizar en su investigación, nada que apuntase al fraude que estaba intentando destapar. ¡Qué fastidio! Le quedaban cuatro horas para decidir si darle plantón o ir a la cita de todos modos y fingir que solo era una cena.

En vez de sopesarlo acabó empleando ese tiempo en flagelarse por haber dejado que sus sentimientos por Xavier la llevaran hasta ese punto. La cuestión era que ya era demasiado tarde: había comprometido de un modo irreversible su investigación.

¿Y ahora qué iba a hacer? ¿Lanzarse en brazos de Xavier y ver cómo se desmoronaba su castillo de naipes? Claro que también era posible que jamás encontrara evidencias del fraude. Si eso ocurría, habría renunciado a su oportunidad con Xavier por nada.

Mientras su conciencia se debatía entre una cosa y

otra, se vistió para la cena, ya que había aceptado su invitación. Estaría feo cancelarlo siendo ya tan tarde. Además, si las cosas se complicaban, siempre podía apelar a la regla de «manos fuera»; Xavier le había dicho que respetaría sus deseos.

Cuando sonó el timbre de la puerta a las siete y fue a abrir, se quedó sin aliento al ver a Xavier. Llevaba un polo de manga larga del mismo color que sus ojos y unos vaqueros oscuros que le sentaban tan bien que casi se encontró salivando mientras lo miraba.

—Para que me quede claro: si te digo que tienes que tener las manos quietas, ¿se me aplica a mí la misma regla? —le preguntó Laurel.

—Por supuesto que no —replicó él al instante, con un brillo travieso en la mirada—. Puedes tocarme cuando y como quieras.

—Tomo nota. Entonces, supongo que deberíamos dejar de fingir y admitir que esto no es solo una cena.

—No sé de qué hablas —la picó Xavier levantando las manos—. Val nos ha invitado a cenar y como dentro de poco será tu jefe, es una oportunidad para que lo vayas conociendo. Comeremos, charlaremos un poco… y si quieres pensar que esta noche va a pasar algo más solo porque estoy tratando de imaginar qué llevas debajo de ese vestido… allá tú.

Laurel sabía que no debería sonreír en respuesta a eso, pero no pudo evitarlo.

—Llevo un sujetador y unas braguitas rosas a juego que compré para ponerme cuando tuviera una cita con un tipo guapetón —le dijo—. Y pensé que ya iba siendo hora de que los usara, porque llevan en el cajón como seis meses.

Los ojos de Xavier se oscurecieron de deseo.

—Lástima que no vayamos a hacer nada —respondió—, ya que solo es una cena y nada más.

Con ese provocativo duelo verbal a Laurel le estaban entrando ganas de hacer una locura a pesar de todo. Al fin y al cabo era viernes por la noche, y sabía separar su vida personal del trabajo. Además, no había garantía alguna de que tuviera que llegar a preocuparse por los resultados de su investigación.

Hizo un trato consigo misma: si encontrase algún indicio real de fraude en LBC, pondría primero al corriente a Xavier de sus hallazgos y le pediría permiso para hacer un reportaje sobre ello. Si era la clase de hombre que creía que era, se lo agradecería y le daría luz verde. Se negaba a creer que preferiría echar tierra sobre el asunto, pero, si lo hiciera, entonces sabría que no era un hombre del que podría enamorarse y se sentiría con derecho a destapar aquel escándalo aun sin su consentimiento.

Val vivía en River Forest, y cuando llegaron se encontró sin palabras para describir la enorme y espectacular casa que compartía con su esposa. Mientras subían con el coche por el camino que llevaba a ella, admiró embelesada los altísimos árboles y el cuidado césped.

—Me imagino que tu casa no le irá a la zaga a la de tu hermano —comentó cuando se detuvieron frente a la entrada.

Xavier la miró.

—No sabía que compitiéramos por quién tiene la

mejor casa, pero en lo que se refiere a antigüedad, la de Val gana. Es un edificio histórico. No es de mi estilo, pero a él le encanta –contestó–. ¿Te molesta... lo del dinero? –le preguntó en un tono quedo mientras apagaba el motor.

Se hizo un silencio incómodo.

–Bueno, a veces me olvido de que eres un hombre rico. En el trabajo sueles vestir ropa informal, y me cuesta imaginarte como otra cosa que el tipo al que vi con una escoba en la mano después del incendio del otro día.

–Eso es lo más bonito que me han dicho.

–Lo digo en serio.

–Y yo –respondió él. La tomó de la barbilla y le dio un beso en los labios–. No voy a disculparme por esto, pero te prometo que tendré las manos quietas durante el resto de la velada, como te dije.

El beso le dejó a Laurel un cosquilleo en los labios, y deseó que no se hubiera apartado tan pronto.

–¿Y si no quiero que lo hagas?

–Pues no tienes más que decirlo –murmuró él con una mirada ardiente–. Iremos a mi casa y te la enseñaré. Empezaremos por el vestíbulo, donde te empujaré contra una de las columnas de mármol mientras te quito la ropa. Me muero por ver el contraste de tu piel desnuda con el blanco del mármol. Luego te mostraré el de la biblioteca. Es muy mullido y es una pena que nunca le haya hecho el amor en él a una mujer, porque también es muy ancho. Además, justo encima, en el techo, hay una claraboya que derramará la luz de la luna sobre ti, y besaré cada centímetro de tu piel que bañen sus rayos.

Laurel se estremeció y sintió que una ola de calor afloraba entre sus muslos.

–Para. No hace falta que digas más para que vaya. Ya me habías convencido cuando empezaste con lo de la columna.

Xavier se rio.

–Pues todo eso no es más que el principio. Tengo una casa muy grande.

–No me había dado cuenta de que eras tan poético.

–No lo soy. Solo estaba describiéndote lo que me imagino cuando pienso en ti.

–¿Cómo esperas que tenga una conversación inteligente con tu hermano y su esposa después de que me digas esas cosas?

–Igual que yo he seguido haciendo mi trabajo en LBC sabiendo que estás al otro lado del edificio en tu despacho –respondió él–. Casi a cada hora tengo que contenerme para no ir a hacerte una visita para ver si la puerta aguantaría lo que he estado pensando hacerte contra ella.

Vaya… Parecía como si le hubiera dado luz verde para compartir sus fantasías secretas.

–Quizá, la próxima vez, podrías no contenerte.

El deseo volvió a relumbrar en los ojos de Xavier.

–Acabas de dinamitar cualquier posibilidad de que el lunes me concentre en el trabajo.

Laurel se rio.

–Te lo mereces. Por tu culpa yo no voy a poder concentrarme en la conversación durante la cena. ¡Ya estoy pensando excusas para marcharnos pronto!

–Me gusta la idea –murmuró él–. Si se te ocurre alguna buena puedo mandarle un mensaje de texto a Val ahora mismo y así ni siquiera tendremos que entrar.

—Eso no… —comenzó a replicar ella. Pero perdió el hilo cuando Xavier le puso una mano en el cuello y empezó a acariciarle el lóbulo de la oreja—. Al… al menos deberíamos entrar y quedarnos un rato. Probablemente nos hayan oído llegar.

Xavier no apartó la mano.

—Probablemente —asintió.

—Deberíamos entrar…

—Deberíamos —repitió él, y sus labios se posaron sobre los de ella.

Laurel respondió al beso con fruición. Las lenguas de ambos se enroscaron, y Xavier, que le había puesto las dos manos en el cuello, le hizo ladear la cabeza para hacer el beso aún más profundo.

El beso terminó más pronto de lo que Laurel hubiera deseado, cuando Xavier despegó sus labios de los de ella, jadeante, con el pecho subiéndole y bajándole. O quizá era su pecho el que subía y bajaba. Era difícil de saber, pegados como estaban el uno al otro.

—Deberíamos… —comenzó a decir él, antes de depositar un reguero de pequeños besos por su mejilla—. Deberíamos ir a… algún sitio.

—Sí… deberíamos… —asintió ella, ladeando la cabeza para que pudiera besarla mejor en el cuello—. ¿Como a tu casa?

Xavier gruñó contra su piel.

—Ojalá no hubieras dicho eso, porque tenías razón en lo de que al menos deberíamos entrar y quedarnos un rato. Quedaríamos fatal si no lo hiciéramos, ¿no?

–Supongo que sí. Pero podríamos considerar esto como los preliminares al sexo.

–O podríamos acordar alguna señal. Podrías excusarte para ir al baño, graznas como un cuervo y me reúno contigo allí –sugirió él.

–¡Vaya, qué romántico! –exclamó ella con sarcasmo. Se rio y le dio un codazo–. Sigue pensando, anda.

–Lo que estoy pensando es que tenemos que salir del coche antes de que empiece algo y no podamos dar marcha atrás –le espetó, quejoso–. Jamás hubiera imaginado que eras una romántica.

Consiguieron bajarse del coche con toda la ropa puesta y Xavier la tomó de la mano mientras subían la escalinata de la entrada, hablando en voz baja y riéndose.

Los recibió una mujer con uniforme de servicio y pelo cano, que los condujo al salón, donde los esperaban Val y su esposa, Sabrina, que no tenía ojos más que para él.

La sirvienta regresó con unas copas de champán y un vaso de zumo para Sabrina, todos brindaron.

–Sabrina está embarazada –le dijo Xavier a Laurel al oído, mientras Val iba a encender la cadena de música y su esposa hablaba con la sirvienta.

–¿Ah, sí? –murmuró Laurel. Era algo muy personal–. ¿Debería felicitarles?

–No sé si ya lo han hecho público.

–Entonces a lo mejor no deberías habérmelo contado.

Él esbozó una sonrisa traviesa.

–No he podido resistirme. La verdad es que es algo que me tiene un poco descolocado.

–Ya, es que es una locura, ¿verdad? –respondió ella–. Te hace pensar. Bueno, no en el sentido de «¡eh, yo también quiero tener un bebé!», sino más bien en lo rápido que pasa el tiempo.

–Exacto… –murmuró él–. Aunque no sé por qué me sorprende que seas capaz de leer mis pensamientos. Supongo que nos parecemos más de lo que estaba dispuesto a admitir.

Fue entonces cuando Laurel se dio cuenta de que habían llegado a ese punto que ella había estado esperando, el punto en el que él le estaba confiando sus secretos… sin que ella se lo pidiera. Aquello era oro puro para cualquier reportero de investigación, pero a ella solo la hizo sentirse fatal al recordar que le había mentido respecto a su identidad.

Una parte de ella ansiaba poner fin de un plumazo a su investigación, pero trabajar de encubierto era como un escudo que le permitía hacer cosas que normalmente no tenía el valor de hacer. Sin ese escudo… ¿volvería a ser la Laurel insegura, incapaz de tener una conversación con un hombre como Xavier?

No, quería ser la Laurel Dixon que era ahora, con la que Xavier compartía secretos porque confiaba en ella. Le gustaba quién era cuando estaba con él. Le gustaba porque sacaba lo mejor de ella.

Capítulo Nueve

Tras la cena las dos parejas habían pasado al salón. Laurel y Sabrina se habían sentado la una junto a la otra en el sofá cerca de la chimenea y estaban charlando animadamente. Val y Xavier, en cambio, se habían quedado de pie junto a las puertas cristaleras por las que se salía a una terraza que se asomaba a la piscina.

Habían estado hablando de trabajo, pero la conversación había ido desinflándose, y Xavier no estaba esforzándose demasiado por sacar otro tema porque no podía apartar los ojos de Laurel.

–Bueno –dijo Val, haciendo luego una pausa tan larga que Xavier lo miró expectante–, o sea que hay algo entre Laurel y tú.

–Depende de cómo definas ese «algo».

Xavier dio un largo trago a su botellín de cerveza. Con la boca llena se evitaba tener que decir más. Pero Val hizo caso omiso de esa indirecta de que no se metiese en sus asuntos.

–Pues… eso, que Laurel y tú estáis saliendo. Cosa que, por cierto, jamás me habría esperado. Aunque me extrañó que te pusieras tan pesado para que te invitara a cenar con nosotros esta noche. Sabrina y yo hemos tenido que cancelar los planes que teníamos, ¿sabes?

–Pues no deberías haberlo hecho –replicó Xavier–. Y no estamos juntos. Es…

¿Qué era? ¿Complicado? No debería serlo, se dijo. Esa noche su relación había dado un giro en la dirección correcta, y estaba impaciente por estar a solas con Laurel. Pero entonces… ¿por qué seguía allí, sin una estrategia definida? Debería ser coser y cantar; nunca había tenido problemas para llevarse a una mujer al huerto.

Val enarcó las cejas.

—Si te cuesta encontrar las palabras para definirlo, es que hay algo entre vosotros. Cuando me insististe tanto en que te invitara, diciéndome que querías traer a alguien contigo a cenar, pensé que tenía que ver con mis propios ojos a la dama en cuestión. Imagina cuál fue mi sorpresa al verte entrar por la puerta con la nueva gestora de servicios.

—Ya. Bueno, respecto a eso… —comenzó a decirle Xavier. Probablemente debería haber mencionado antes que el rol de Laurel en LBC había cambiado, pero así podía usarlo para cambiar de tema—. Adelaide es quien ocupa ahora ese puesto. Laurel me está ayudando con la organización de los eventos para recaudar donaciones.

—Ah… Ya veo… —murmuró Val con una sonrisa maliciosa—. Prefieres tenerla a tu lado para poder hacer travesuras con ella después del trabajo, ¿eh?

—¡No es eso! —replicó Xavier irritado—. Tiene un montón de ideas estupendas y… no sé, me inspira. Me ayuda a ver las cosas de un modo distinto.

Vaya. Eso se le había escapado sin pensarlo, pero era la pura verdad. Hacía cinco minutos habría asegurado que su único propósito respecto a Laurel era llevársela a la cama, pero era evidente que no se trataba solo de sexo.

–Sí, justo a eso me refería –dijo Val dándole un golpe fraternal en el brazo–: te estimula. Es evidente que es muy especial. Hazme un favor: no seas tú mismo; querría que siguiera trabajando en LBC.

–¿Qué diablos has querido insinuar con eso? –quiso saber Xavier, ofendido.

–Que recuerdes que es un ser humano con sentimientos –le respondió Val–. A las mujeres les gusta que les demuestren que sabes que existen y que las inviten a salir de vez en cuando.

–Por eso la he traído aquí –gruñó.

–Cierto. Lo que quiero decir es que saques el máximo partido de esto. Salta a la vista que Laurel te hace bien; no la alejes de ti.

Sabrina interrumpió su conversación para preguntarle a Val qué le parecía si salían todos a la terraza, pero antes de que su hermano pudiera responder, Xavier levantó la mano para hablar él.

–Aunque nos encantaría quedarnos más, Laurel y yo tenemos que irnos ya. Mejor lo dejamos para otra ocasión, si no os importa.

¿Se había pensado que no iba a seguir sus consejos? Acababa de descubrir la razón por la que aún no había decidido sus siguientes pasos: porque se suponía que no debía darlos solo, sino con Laurel.

Aquel no era un viaje en soledad. Además, había sido ella quien había estado al volante desde el primer día. En vez de intentar recobrar el control, la clave estaba en renunciar a él. Si quería que las cosas fuesen distintas con ella, tenía que dejar que fuese ella quien llevara las riendas.

Los ojos de Laurel, que seguía sentada en el sofá,

se encontraron con los suyos, y una vez más tuvo esa sensación inexplicable que había tenido con ella desde el principio, solo que esa vez la reconoció como lo que era: una profunda conexión entre ellos.

Se despidieron de su hermano y Sabrina y se marcharon.

–Ha sido la salida más rápida que he visto nunca –comentó Laurel con una sonrisa ya dentro del coche, mientras deslizaba la mano de un modo sugerente por su brazo.

–Ya iba siendo hora de irnos –dijo él–. La noche es joven, y las cosas que tengo en mente no podíamos hacerlas en casa de Val.

–Me gusta cómo suena eso. ¿Vas a llevarme a dar una vuelta a orillas del lago Michigan?

Xavier la miró boquiabierto.

–Bromeas, ¿verdad?

Al oír la risa de Laurel respiró aliviado.

–Sí, lo que quería decir era… ¿por dónde íbamos antes de entrar en la casa? –le dijo ella–. Creo que tenías la mano debajo de mi vestido, si no recuerdo mal –murmuró.

Xavier sintió que una erección le tensaba la entrepierna y se le escapó un gemido. No había tenido la mano en ese sitio; si así hubiera sido, no se habrían bajado del coche al llegar. Claro que… ¿por qué discutir?

–¿Así? –inquirió.

Subió la palma por su muslo desnudo y le acarició suavemente la piel con el pulgar por debajo del dobladillo del vestido. Como ella no hizo ademán alguno de detenerlo, siguió avanzando hasta rozar con el pulgar el trozo de seda entre sus piernas.

Laurel aspiró hacia dentro.

–Sí… algo así…

Su voz sonaba tan entrecortada, que estuvo a punto de apartar la mano, pero de pronto ella puso la suya encima y se la apretó contra su pubis.

–Quizá más bien así…

Sí, a él también le parecía mucho mejor así. Frotó la palma contra su calor, arrancándole un gemido ahogado que lo excitó aún más. Se moría por quitarle las braguitas y tocarla de verdad, pero la consola central del coche le impedía levantar a Laurel para sentarla en su regazo y hacer las cosas bien.

–Esto no es lo que te había prometido –masculló frustrado.

Laurel se merecía algo mejor, y él desde luego podía ofrecerle algo mejor que un magreo en el asiento delantero del coche como un adolescente impaciente que no sabía nada acerca de la anatomía femenina.

Con un gruñido, apartó la mano y encendió el motor.

–Voy a llevarte a mi casa –le dijo mientras se alejaban de la casa–. Si no es lo que quieres, habla ahora o calla para siempre.

–¿Adivinas qué es lo que quiero? –le preguntó Laurel con picardía, deslizando la mano por su muslo, como había hecho antes él con ella.

El problema era que él estaba conduciendo. Laurel acarició su miembro erecto con el dorso del índice. Apenas lo rozaba, pero Xavier se sentía como si hubiese cerrado su cálida palma en torno a él y lo hubiese apretado. El velocímetro se disparó más allá de los ciento treinta mientras se incorporaba a la autopista, y se obligó a reducir la velocidad antes de matar a alguien y apartó la mano de Laurel de su entrepierna.

–Deja eso para luego. Llegaremos a mi casa en menos de cinco minutos.

Laurel optó sabiamente por no insistir y entrelazó las manos en su regazo.

–Me caen bien tu hermano y su mujer –dijo.

–Estupendo –contestó él–, aunque no tengo el menor interés en hablar de ellos. Si tienes ganas de hablar, podrías enumerarme tus posturas favoritas, las superficies y los sitios en los que te gusta hacerlo… Por ejemplo… agua: ¿sí o no? Esa clase de cosas.

La risa de Laurel hizo que una sensación cálida lo invadiera. Le lanzó una mirada mientras adelantaba a una furgoneta que iba a poco más cien por hora en el carril rápido, como si no fuera gente detrás con una erección galopante.

Laurel se dio unos toques en los labios con el dedo, como si estuviese meditando la respuesta.

–Me gusta la postura de la cuchara. No me gusta hacerlo sobre una alfombra, aunque no sé si me gustaría hacerlo en otro sitio que no fuera un colchón, porque aparte de esas dos superficies no he probado ninguna otra. Y necesito que me aclares la pregunta del agua: ¿quieres hacérmelo en el agua, o echármela por encima?

Un chorro de agua cayendo por el cuerpo de Laurel, sus senos erguidos perlados de gotas, suplicándole que las lamiese… Sí, le encantaría.

Pero luego su mente reemplazó esa fantasía con una visión de ella sentada dentro de su jacuzzi. Sí, eso también le gustaría… La boca se le secó al imaginarla abriendo las piernas en una muda invitación y echando la cabeza hacia atrás mientras esperaba.

–Las dos cosas –respondió él al instante.

¿Por qué tenía que vivir Val en un sitio tan alejado como River Forest?, maldijo para sus adentros. La gente civilizada vivía en la zona de Lincoln Park.

Cuando finalmente llegaron a su casa, en la calle Orchard, decidió dejar el coche aparcado fuera porque no quería perder tiempo metiéndolo en el garaje. ¿Sería poco refinado sacar en volandas a Laurel del coche?

Por suerte ella parecía haberse percatado de sus prisas porque ya se había bajado del vehículo cuando lo rodeó para abrirle la puerta. Debería reprenderla, pero decidió dejarlo para otro momento. Además, la próxima vez llegaría a su puerta antes de que se bajase y se comportaría como un caballero.

Impaciente, la agarró de la mano y la condujo dentro de la casa por la puerta de atrás porque era la que estaba más cerca. Laurel paseó la mirada por el salón en penumbra.

–Creo recordar que me dijiste algo de una columna de mármol –apuntó.

–Sí, pero está en el vestíbulo, entrando por el otro lado –respondió él con prisa, tirando de ella hacia las escaleras–. Está demasiado lejos; olvida que lo mencioné. Primero te enseñaré el piso de arriba.

Cuando la tuvo en su dormitorio, cerró la puerta y la acorraló contra ella.

–Esto es roble. No es una columna, pero servirá –dijo antes de inclinar la cabeza para tomar sus labios.

Aquel beso no fue como lo había imaginado; fue mucho más. Muchísimo más. Nunca había deseado de aquella manera a una mujer. Laurel tampoco parecía querer perder un segundo: le sacó la camisa de los pantalones y sus manos se deslizaron debajo para acariciarle la espalda.

Mientras devoraba su boca, apretándose contra su curvilínea figura, los gemidos de placer de Laurel lo excitaron aún más. Él también quería sentir su piel desnuda bajo sus manos. Se moría por tocar sus pechos, por paladear el néctar entre sus muslos. Con un gruñido de deseo la alzó en volandas y la llevó a la cama.

—Ya probaremos otras superficies luego —le dijo.

La depositó al borde del colchón y se inclinó para besarla en el cuello. El vestido le estorbaba, así que le levantó la falda y se lo sacó por la cabeza. Al verla en ropa interior, un profundo gemido escapó de su garganta.

—¡Dios del cielo! —exclamó—. Creo que el rosa es mi nuevo color favorito.

Laurel sonrió y jugueteó con uno de los tirantes del sujetador antes de bajárselo, provocadora.

—Puede que esté aún mejor sin él… —murmuró.

—Eso me cuesta creerlo —replicó él—, aunque debería comprobarlo, por si acaso.

La mirada ardiente de Laurel sostuvo la suya mientras se arrodillaba entre sus piernas para pasarle los brazos alrededor del cuerpo y desabrocharle el sujetador. Los dedos le temblaban por el esfuerzo que estaba haciendo para no romper el enganche. No quería destrozarle el sujetador, pero el condenado enganche no se soltaba. Maldijo entre dientes y, dándose por vencido, arrancó el enganche sin miramientos.

—Mañana te llevaré a un Victoria's Secret y te compraré la tienda entera —le prometió a modo de disculpa.

¿De qué servía el dinero si no podía gastárselo en lo que de verdad importaba? Arrojó el sujetador a un lado y, como los perfectos senos de Laurel parecían estar llamándolo, no dudó en responder a esa llamada.

Tomó uno en la palma de la mano y lo levantó para succionar el pezón, que se endureció en cuanto comenzó a lamerlo. Laurel gimió, arqueándose hacia él, y lo agarró por la nuca con ambas manos para sujetarle la cabeza, como si temiese que pudiera parar. Ni hablar; podría pasarse horas devorando el seno que tenía en la boca.

Solo que el otro aún no lo había tocado y estaba suplicando su atención. Pasó a ocuparse de él, y mordisqueó y chupó el pezón, haciendo gemir de nuevo a Laurel, que volvió a arquearse hacia él mientras suspiraba «sí, Xavier… Así… sí…» una y otra vez.

Alentado por esos elogios, la empujó sobre el colchón, decidido a darle aún más placer. Las braguitas rosas eran una auténtica tentación porque tapaban la parte de su cuerpo que más deseaba. Enganchó los pulgares en el elástico de la cinturilla para bajárselas y las lanzó por ahí sin preocuparse de dónde cayeran. No las necesitaría en un buen rato.

No podía imaginar nada más excitante que Laurel tendida en su cama con las piernas abiertas. Se inclinó y subió beso a beso por un muslo antes de centrarse en explorar el tesoro que había estado oculto bajo las braguitas rosas. Desde el primer lametón Laurel empezó a suspirar y a arquear las caderas, y el olor de su sexo era tan erótico…

Darle placer a una mujer jamás le había excitado tanto. Le gustaba la satisfacción de saber que podía darle tanto placer a una mujer, sí, pero aquello era distinto. Los gemidos de Laurel lo volvían loco, hasta el punto de que su erección se estaba volviendo casi dolorosa. Quería más, mucho más...

Comenzó a lamerla con más fuerza y más deprisa para acelerar las cosas. Laurel le hincó los dedos en el cuello y él siguió lamiendo su palpitante sexo hasta que jadeó su nombre. Oiría en sueños sus gemidos y sus suspiros durante días, semanas... Era mejor que la música más hermosa.

Ahora por fin podía centrarse en su propio placer. Se quitó la ropa y se colocó de nuevo sobre Laurel, besando cada centímetro de piel a su alcance. Ella parecía haberse recobrado ya lo suficiente del orgasmo como para explorar un poco por su cuenta, porque sus manos ardientes bajaron por su espalda hasta sus nalgas.

Luego tomó su miembro erecto y frotó la punta con la yema del pulgar hasta que casi perdió el control y estuvo a punto de correrse en su mano.

–Laurel... Espera...

Alargó el brazo hasta el cajón de la mesilla de noche, donde guardaba una caja de preservativos. Sacó uno y logró colocárselo sin que sus dedos impacientes lo rompieran. Luego se colocó de nuevo entre los muslos de Laurel, que le sonrió. Tomó sus labios con un tórrido beso y Laurel abrió las piernas y lo rodeó con ellas para que pudiera penetrarla sin apenas esfuerzo. Y él no se hizo de rogar.

El calor de su sexo lo envolvió, acogedor, y estaba tan húmeda que de una sola embestida se hundió en ella hasta el fondo. Luces de colores estallaron tras sus párpados cuando sus pliegues se cerraron en torno a su miembro, arrancándole un largo gemido.

Comenzó a mover las caderas. Laurel respondió a ellas, arqueándose hacia él hasta que el calor y la fricción lo llevaron al límite y se encontró planeando en lo más alto, arrastrado por una corriente de placer.

Laurel le siguió de inmediato, alcanzando un nuevo orgasmo con él dentro de ella, y cuando recobró el aliento Laurel yacía entre sus brazos laxos, con el cabello alborotado. Xavier no podía pensar, no podía hablar. Lo único que pudo hacer fue estrecharla contra sí y rogar por que Laurel no estuviera planeando ir a ningún sitio en un mes o dos, porque nada deseaba más que explorar la recién descubierta pasión que despertaba en él.

Capítulo Diez

Tenía que salir de aquel dormitorio. Ya. Antes de que la bola que se le había hecho en el estómago explotase y liberase un montón de emociones que no debería estar sintiendo.

Hacerlo con Xavier había sido un error. Un enorme error que sin duda alteraría el curso de su vida. Él, sin embargo, no parecía demasiado dispuesto a dejarla ir, pues sus brazos aún la rodeaban, y ella no estaba segura de que sus extremidades fuesen a ser capaces de responder a las órdenes de su cerebro.

Aquel hombre era increíble, y si no tenía más cuidado, acabaría estropeándolo todo, como hacía siempre: ocurría algo estupendo y ella lo fastidiaba. Solo que esa vez, además, corría el riesgo de echar a perder mucho más que su carrera.

Y cuanto más permanecía allí echada, de lado y con Xavier detrás de ella, más se apoderaba de ella el pánico.

—Estás pensando en escaparte, lo estoy notando —murmuró Xavier. Rozó los labios contra su sien, a medio camino entre un beso y una caricia—. Pero no voy a dejarte ir, que lo sepas.

El roce de sus labios la hizo estremecerse de placer. Dios santo… ¿Cómo podía excitarla con el solo roce de sus labios? Y sus sienes ni siquiera eran un punto erógeno. O al menos hasta entonces nunca había pensado que lo fueran. Claro que tratándose de Xavier, la tocara donde la tocara, era como si todo su cuerpo entrara en esa categoría.

–¿Cómo puedes saber que estaba pensando en marcharme? –inquirió–. Pero sí, no vine preparada para pasar la noche aquí, así que debería irme.

Así podría seguir fingiendo que aquello era solo sexo. Lo malo era que él tendría que llevarla a casa, o tendría que pedir un taxi y, siendo viernes por la noche, tardaría una eternidad en llegar.

–¡Qué bobada! –replicó él. La besó en el cuello, y Laurel cerró los ojos, extasiada por el cosquilleo de placer que sintió–. Aún no he explorado cada centímetro de tu piel. Y, además, estamos los dos aquí desnudos, bajo las sábanas. ¿Qué más necesitas para quedarte a dormir?

–Pues… mi cepillo de dientes –acertó a balbucir ella. Se le había erizado el vello de deseo al oírle decir que quería explorar cada centímetro de su piel.

–Tengo varios de sobra. ¿Alguna objeción más?

–¿Vas a ir tumbándolas una por una?

–Yo diría que sí. Así que nos ahorrarás a los dos mucho tiempo si te rindes. Y por ahora vas por detrás en el marcador.

Laurel sonrió con picardía.

–¿No eres tú el que está detrás?

–Pues… sí, ahora que lo dices, sí –asintió él, acercando las caderas a sus nalgas.

Su miembro volvía a estar erecto, y cuando lo introdujo entre sus muslos y empezó a frotarse contra ella, a Laurel se le cortó el aliento. Y luego, cuando comenzó a juguetear con sus pechos, pensó que iba a volverse loca. ¿Cómo podía ser que supiera exactamente lo que le daba más placer?

–Xavier… –murmuró, pero sonó más como un ruego que como una advertencia.

–Lo sé, cariño –le susurró él al oído mientras la sujetaba por las caderas–. Esta es tu postura favorita, ¿no? Antes no te lo hice así porque soy un chico malo. Deja que te lo compense.

Por toda respuesta, Laurel gimió extasiada. ¿Cómo iba a rechazar un ofrecimiento así? No podía. No cuando los dedos de Xavier bajaron hacia su pubis, se deslizaron dentro de su sexo y empezaron a moverse a un ritmo lento que prometía arrebatarle la cordura.

Empujó las caderas contra su mano, pidiéndole más, y la otra mano de Xavier se unió a la fiesta para frotarle el clítoris en círculos con el pulgar mientras seguía penetrándola con los dedos de la otra. Una intensa punzada de placer la hizo arquear la espalda, y Xavier empujó las caderas con más fuerza.

Todas esas sensaciones la llevaron al límite, y sintió que la pasión se desbordaba como un *tsunami* en su interior, mientras los músculos de su vagina se cerraban una y otra vez en torno a los dedos de Xavier, que, con su magia, prolongaron su orgasmo y le dieron aún más placer, haciendo que se le saltaran las lágrimas.

Y entonces, tras el ruido del envoltorio de un preservativo al rasgarse, la penetró desde atrás, hasta el fondo, haciendo que se desatara en su interior una nueva ola de placer. Xavier gimió en su oído, y Laurel pensó que aquel era el sonido más erótico que jamás había oído.

Luego la giró un poco contra el colchón y empezó a moverse dentro y fuera de ella, reavivando los rescoldos que apenas se habían enfriado. La temperatura fue subiendo con cada sacudida de sus caderas. Le exigía más y ella le daba más, hasta que Laurel llegó de nuevo al clímax con un grito. Fue un orgasmo tan intenso que las piernas se le quedaron completamente laxas.

Él lo alcanzó tras unas pocas embestidas más, y se derrumbó contra ella mientras su miembro seguía palpitando en su interior. Permanecieron así una eternidad.

—Ha sido increíble —dijo Xavier con voz ronca contra su cuello, antes de rodar sobre el costado y atraerla hacia sí—. Aún más que la primera vez, ¡que ya es decir!

—Sí, «increíble» es una manera de describirlo.

—Dime otra —la instó él, casi como si fuera un desafío.

—¿Buscando cumplidos? —lo picó ella—. Ha sido... cataclísmico, colosal, milagroso... ¿Quieres que siga?

Xavier la besó en la mejilla y Laurel sintió que sus labios se curvaban en una sonrisa.

—Eres como un diccionario parlante.

Laurel se tensó al oírle decir eso. Sí, tenía un amplio vocabulario y un excelente dominio de la gramática, porque en eso consistía su trabajo como reportera, en encontrar las palabras adecuadas para describir la situación sobre la que quería informar.

Aquel recordatorio no podría llegar en peor momento. O tal vez no, porque si quedase allí más tiempo, estaría cavando su propia tumba.

—Otra vez te noto pensando en marcharte —dijo Xavier, estrechándola con más fuerza entre sus brazos.

Laurel los apartó y Xavier la observó mientras se incorporaba.

–Si quieres irte, no te detendré –le dijo en un tono quedo–. No me hará feliz, pero tienes derecho a hacer lo que quieras.

Esas palabras la hicieron sentirse aún peor.

–Deja de mostrarte tan comprensivo.

–Está bien.

–¡Acabas de volver a hacerlo!

Llena de frustración, tiró de la sábana para tapar su torso desnudo, aunque tampoco era que tuviese mucho sentido cuando Xavier ya la había visto desnuda. Y ese era el problema, que no podía deshacer lo que acababan de hacer. Habían abierto la caja de Pandora y, como él le había advertido, ahora no podía volver a meter dentro los vientos que habían escapado de ella.

–Cuando te propuse venir aquí y aceptaste, no lo hiciste convencida del todo, ¿no? –le preguntó Xavier.

–¡Claro que sí! Al cien por cien –replicó ella. Quería que supiera que en ningún momento se había sentido obligada a hacerlo, pero… ¿cómo explicarle el verdadero motivo por el que estaba tan irritada?–. La decisión fue mía y solo mía. Pero es que… No sé.

–Yo sí lo sé –dijo él.

A Laurel el corazón le dio un vuelco.

–¿Ah, sí?

No, era imposible. Si supiera que se había presentado como candidata a aquel puesto en LBC con un falso pretexto, no la habría llevado a su casa para hacerle apasionadamente el amor.

–Creo que sí. Querías saber cómo sería hacer el amor conmigo y ahora ya has satisfecho tu curiosidad.

Como cuando nos besamos en la galería de arte –dijo Xavier con una sonrisa irónica que le encogió el corazón a Laurel–. No pasa nada. Puede que mi ego haya quedado un poco magullado, pero sobreviviré.

Era tan paciente y lo perdonaba todo tan deprisa que Laurel no podía soportarlo.

–¡Pero si es que no es eso! Lo que pasa es que tengo la mala costumbre de fastidiarlo todo, y me niego a que esta vez sea igual.

Quizá había sido demasiado sincera. Acababa de dejar al descubierto uno de sus puntos débiles, exponiéndose más que cuando él le había quitado la ropa. Xavier se limitó a asentir con calma.

–Te olvidas de lo que me dijiste: somos iguales. Yo también odio fracasar, así que lo entiendo.

No parecía desconcertado en absoluto. La tomó de la mano y entrelazó sus dedos con los de ella.

–Pero dejando todo eso a un lado, hay algo que tengo que preguntarte, Laurel: ¿cómo lo ves tú? Quiero decir que… si yo quisiera que te quedaras, ¿te parecería que estoy yendo demasiado deprisa? Porque no es esa mi intención. Somos adultos, y disfruto estando contigo. Eso es todo. No quiero que te pienses algo que no es.

Laurel, que no se había dado cuenta de que estaba conteniendo el aliento, respiró aliviada.

–Perdona, me estoy comportando como una idiota –le dijo–. Lo sé, sé que esto no es algo serio ni nada de eso.

–Soy yo quien se estaba comportando como un idiota –replicó él con una sonrisa–. Es que nunca he sabido muy bien cómo abordar estas cosas: lo de que me guste una mujer y quiera pasar más tiempo con ella. Porque esta noche ha sido increíble. Mucho más de lo que había esperado y, aunque suene egoísta, me gustaría repetirlo.

—Bueno, yo suelo ser más bien desconfiada a ese respecto —admitió ella. Parecía que habían llegado a un punto en el que estaban cómodos haciéndose confesiones el uno al otro—. Por una mala experiencia que tuve.

Xavier sacudió la cabeza.

—Lo entiendo. Solo quiero que sepas que, si seguimos adelante con esto, quiero que sea porque los dos lo queramos. Somos un equipo, ¿no?

Laurel sonrió. Tenía razón: no tendría que preocuparse por fastidiar nada porque no había nada serio entre ellos. Solo eran dos personas que disfrutaban estando juntas y que querían seguir haciéndolo hasta que uno, o ambos, decidiesen ponerle fin a aquello.

—¡Mira que eres generoso! —lo picó Laurel—. Ofreciéndote voluntario de esa manera para seguir dándome placer… ¿Cómo he podido tener tanta suerte?

—No es para tanto —respondió él, siguiéndole la broma—. Dirijo una asociación benéfica; soy de esas personas a las que les gusta devolver a la sociedad una parte de todo lo que han recibido en la vida —añadió encogiéndose de hombros. Le tiró de la mano para que volviera a tumbarse, y cuando tuvo la cabeza apoyada en su hombro le dijo—: Y ahora que ya hemos aclarado lo de que quisieras marcharte tan pronto, hay otra cosa de esta conversación que me preocupa.

Laurel trató de mantener la calma y le preguntó:

—¿El qué?

—En la galería hablaste de lanzarse al vacío y descubrir lo que hay más allá del horizonte. Me conmovieron mucho tus palabras.

–¿Ah, sí? –murmuró Laurel. La verdad era que ella no recordaba mucho de esa conversación, aparte del beso que habían compartido–. ¿Y cómo es que en no me dijiste nada?

–Estaba intentando poner un poco de orden en mi cabeza –admitió él–. No soy de los que se lanzan. Para eso hay que tener la clase de temperamento que te permite confiar ciegamente, y yo de un tiempo a esta parte me he vuelto demasiado precavido. Estoy intentando superarlo, y en parte por eso me decidí a proponerte venir aquí esta noche.

Dios… Se sentía tan identificada con lo que estaba diciéndole… Dejándose llevar por ese sentimiento, deslizó una mano por su escultural torso.

–Me alegra haber podido ayudarte a experimentar.

–No es solo que me hayas ayudado; es que has sido tú quien me ha movido a hacerlo.

–¿He hecho que quieras ser más lanzado?

Xavier se encogió de hombros.

–En cierto modo, sí. Pero es que intuyo un titubeo en ti, y me está volviendo loco. Quiero ir a por todas, Laurel, experimentar al máximo lo que es explorar la pasión con otra persona. Odio esa especie de recelo que me había estado reteniendo hasta ahora. Creía que esta noche lograría hacer que se disipase por completo, lanzándome como lo he hecho, pero luego tú empezaste a hablar de que te has vuelto desconfiada respecto a las relaciones, y es algo que no encaja con la mujer que yo veo en ti. Y me pregunto si no lo habrás dicho porque has intuido ese mismo recelo en mí. A lo mejor te estoy confundiendo.

Laurel cerró los ojos. ¡Ay, Dios! No era eso en absoluto. Era ella quien lo estaba confundiendo a él. Claro que ni se le había pasado por la cabeza que fuese a percatarse de lo indecisa que era, y de su incapacidad para ser ella misma. Y, sin embargo, por algún motivo, había acabado pensando que sus limitaciones habían causado las suyas.

—Lo siento —murmuró, abriendo los ojos de nuevo.

¿Qué otra cosa habría podido decir cuando acababa de hacerle ver que ya estaba fastidiándolo todo?

—No tienes que sentir nada —replicó Xavier haciéndola incorporarse con él. La asió por los hombros desnudos y mirándola a los ojos le dijo muy serio—: Lo que quiero decir es que me siento atraído por la mujer que me dejaste entrever en la galería. No vaciles. Salta de todos los precipicios que se te pongan por delante. Yo te seguiré. Me gusta esa especie de locura que despiertas en mí. Y te pido perdón si el haberme reprimido hasta ahora te ha hecho vacilar a ti también. No dejes que sea así.

Laurel se quedó mirándolo. Estaba hecha un lío.

—Mira: eres tú quien me haces sentir a mí que puedo saltar, que puedo ser valiente y dejar atrás mis miedos. No al revés.

—¿No me digas? —exclamó Xavier con una sonrisa—. Vaya, pues entonces estamos descubriendo juntos cómo va esto. Sí que somos un buen equipo.

Laurel se sintió como si se le quitara un peso de encima.

—Llevo diciéndotelo desde el primer día —contestó, devolviéndole la sonrisa.

Xavier quería que fuera la mujer atrevida y decidida

que llevaba dentro, esa mujer que no tenía miedo. Tenía que confiar en que no lo fastidiaría todo de nuevo, en que Xavier permanecería a su lado mientras ella aprendía a volver a ser esa Laurel.

Porque aquel era el mejor descubrimiento de todos: que no había dos personas dentro de ella, sino solo una que había olvidado cómo ser valiente. Esa Laurel valiente se lanzaba a por lo que deseaba, y en ese momento ese algo era Xavier.

Capítulo Once

El fin de semana se alargó hasta la mañana del lunes, y Laurel aún no se había marchado. Y no era que Xavier quisiera que lo hiciera. Todo aquello era nuevo para él, pero por el momento le gustaba por donde iban las cosas.

Sobre todo cuando sonó su despertador a las cinco de la madrugada y Laurel ni se movió. Se habían quedado dormidos abrazados, pero en algún momento de la noche ella se había girado sobre el costado y tenía agarrada la almohada como si alguien hubiese intentando quitársela. La observó un momento bajo la tenue luz de la lámpara de la mesilla de noche, y se bajó de la cama con cuidado de no despertarla para ir a hacer sus ejercicios matutinos.

Estaba a la mitad de su sesión cuando Laurel entró en el gimnasio. No había duda de que era la mujer más hermosa que había visto en su vida, pensó, admirando su melena azabache, que se desparramaba por su espalda y le enmarcaba el rostro. Hasta con esos pantalones de pijama cortos y esa camiseta de tirantes blanca estaba guapísima. Y en menos que cantaba un gallo pensaba arrancárselos con los dientes.

–Buenos días –lo saludó Laurel con una sonrisa somnolienta.

Xavier apoyó en el muslo la mancuerna que tenía

en la mano. Se moría por tenerla de nuevo entre sus brazos, pero estaba todo sudado, así que se le ocurrió un plan.

–No quería despertarte. Pero como ya estás despierta, si me das cinco minutos para acabar esta serie, podemos ducharnos juntos.

–Hecho –contestó ella. Luego vaciló un momento y añadió–: Si quieres dejarme en mi casa antes del trabajo, por mí no hay problema.

–¿Y por qué diablos iba a querer hacer eso?

–Porque… bueno, ya sabes, a lo mejor al resto del personal de LBC puede que no le parezca bien que esté saliendo con el jefe.

–Me da igual lo que piensen –gruñó él.

Sin embargo, solo estaría al frente de LBC hasta el regreso de Val; no podía hacer lo que se le antojara sin pensar en las consecuencias.

¿Y qué pasaría cuando Laurel y él dejasen de verse? ¿Se sentirían incómodos, o quedarían como amigos? La posibilidad de que tal vez un día no podría volver a acostarse con Laurel le puso de mal humor. Parte del problema era que no dependía solo de él. Laurel podía decidir en cualquier momento que no quería seguir con aquello.

¿Era demasiado pronto para proponerle algo un poco más permanente? Sacudió la cabeza para sus adentros. Sí, era demasiado pronto; muy pronto. Además, ¿en qué estaba pensando?, ¿en proponerle de repente que se fuera a vivir con él? Se reiría en su cara; y con razón.

–Tienes razón –le reconoció–. Te dejaré en tu casa de camino a LBC.

Cuando Laurel asintió, como si esa respuesta fuera la que había esperado que le diera, le asaltó cierta desazón. ¿Y si no quisiera volver allí esa noche? Quizá quería un poco de espacio. Exhaló un suspiro. Sí, quizá los dos necesitasen un poco de espacio.

–Sí, y lo mejor será que use mi coche para ir a LBC y volver aquí con él –añadió ella con una sonrisa–. Lo haremos así hasta que decidamos si que se supiera lo nuestro sería un problema. Y quizá, con el tiempo, podamos dejar de fingir y entonces iremos juntos a LBC en tu coche. Y, por cierto, si vamos a darnos esa ducha, deberíamos darnos prisa, porque hay tantas cosas que quiero que probemos que nos va a llevar bastante tiempo, y no quiero que lleguemos tarde al trabajo.

Xavier no perdió un momento en levantarla en volandas y llevársela a la ducha. Y mientras el agua caliente caía sobre ellos, se olvidó de todo para centrarse en el cuerpo desnudo de Laurel.

A Xavier le costó separarse de Laurel horas después, cuando, al dejarla frente a su casa, despegó sus labios de los de él –con la promesa de pasarse más tarde por su despacho– y se bajó del coche.

Eso le hizo sonreír mientras conducía hasta LBC aunque era hora punta y tenía un calentón tremendo. Pensaba que tras hacerlo en la ducha quedaría saciado para el resto de la mañana, pero parecía que no. La deseaba las veinticuatro horas del día y los siete días de la semana.

Le hizo esperar una hora entera. Su café hacía mucho que se había enfriado, porque cada vez que levantaba la taza oía un ruido, creía que era Laurel y volvía a dejar la taza en la mesa solo para llevarse un chasco al comprobar que no era ella.

Cuando finalmente entró por la puerta, con un vestido color lima que le llegaba justo por encima de las rodillas, fue como si se le fundieran los plomos.

–Ya era hora –gruñó–. El color de ese vestido es perfecto para lo que tengo pensando hacer contigo.

Laurel cerró la puerta y se apoyó en ella con una sonrisa traviesa.

–¿Vas a hacer un margarita conmigo?

–Más bien sorberte todo el jugo, como si fueras una lima –respondió él levantándose. Dio un par de palmadas sobre su escritorio–. Súbete aquí; vamos a ver si estás tan deliciosa como pareces.

Laurel no se movió, pero sus ojos se oscurecieron de deseo después de posarse brevemente en el escritorio.

–Como hagamos eso, no sacaremos nada de trabajo adelante en toda la mañana.

–Exacto. Es lo que iba a pasar de todas maneras.

–¿Y entonces para qué hemos venido a la oficina? –le preguntó ella–. Podríamos haber dicho que estábamos enfermos y quedarnos toda la mañana en la cama.

–Me gusta esa idea –murmuró Xavier. ¿Por qué no se le habría ocurrido a él?–. Haremos eso mañana.

Laurel sacudió la cabeza, riéndose divertida.

–No podemos pasarnos dos días seguidos haciendo el ñaca-ñaca.

–¿Nos apostamos algo? –contestó. «El «ñaca-ñaca», repitió para sus adentros sonriendo. Era una palabra graciosa para referirse al sexo–. Es lo que hemos estado haciendo los dos últimos días.

–Nos es verdad. También fuimos de compras. Y recuerdo perfectamente que vimos una película. Y comimos.

¿Por qué seguía hablando sin parar cuando le había dicho que quería hacérselo encima de la mesa? A lo mejor no había sido suficientemente claro.

–¿Tienes alguna objeción a que ponga mi boca entre tus piernas mientras estemos aquí en el trabajo?

Laurel frunció los labios.

–Sí, en realidad, sí.

A pesar de su respuesta, estaba seguro de que la idea de hacerlo allí, en su despacho, la excitaba. Él mismo estaba excitándose con solo imaginar lo empapadas que debía tener las braguitas debajo de ese vestido.

–¿Ah, sí? –le espetó cruzándose de brazos–, porque tus ojos me dicen algo muy distinto.

–Desear algo no es lo mismo que pensar que sería buena idea –replicó Laurel. Se cruzó de brazos, como él, y al hacerlo se le tensó la tela del vestido sobre los pechos, dejando entrever sus pezones endurecidos–. Tenemos trabajo por hacer y tengo la sensación de que estás usando el sexo para postergarlo.

–¿Qué quieres decir?

–El evento benéfico. Aún no hemos planificado nada. Ni siquiera hemos vuelto a hablar de ello después de que te planteara la idea de una subasta. ¿Y por qué? Pues tiene toda la pinta de que me quieres para pasarlo bien en la cama, pero no confías en mí en lo que se refiere al trabajo.

Eso le dolió.

—Eso es ridículo. Y no es cierto.

Sin embargo, sabía que algo de razón tenía. No le había contado los detalles de la prueba que les había impuesto su padre para conseguir su herencia. Y sí, en ese sentido podía decirse que no confiaba en ella, pero era porque aquello era problema suyo. Necesitaba demostrar que podía superar esa prueba, a pesar de que no tenía ni idea de por qué su padre los había obligado a aquello.

Y quizá esa fuera la verdadera razón por la que aún no le había contado nada a Laurel, porque aquella se había convertido en su manera de afrontar las cosas: se encerraba en sí mismo y actuaba como si no necesitara la ayuda de nadie.

Laurel enarcó las cejas.

—Pues si no es verdad, explícamelo, porque me siento como si me estuvieras apartando todo el tiempo; se supone que somos un equipo.

Laurel se merecía esa explicación.

—Está bien. Hablemos —le dijo señalando con un ademán las dos sillas frente a su escritorio.

Laurel le sonrió, como si ya lo hubiera perdonado y, cuando hubo tomado asiento, Xavier se sentó a su lado.

—¿Le preguntaste a tus amigos si podían donar algo para la subasta?

—Llamé a unos cuantos. Luego me dispersé un poco —respondió. Y antes de que Laurel pudiera echarle en cara esa pobre excusa, levantó una mano para interrumpirla—. Es que no me fue muy bien. Pero supongo que debería volver a intentarlo.

Laurel lanzó una mirada a su móvil, que estaba sobre la mesa, y luego a él.

–Pues qué mejor momento que este –apuntó.

Tenía razón. Como muestra de buena voluntad, tomó su móvil y buscó en sus contactos bajo la atenta mirada de Laurel. Llamó a Simon Perry, el director de Metro Bank y padre de Liam, el joven voluntario que había estado el otro día en la charla de bienvenida. Al segundo tono obtuvo respuesta.

–Señor Perry, buenos días –lo saludó–. Soy Xavier LeBlanc.

–¡Ah, señor LeBlanc, es una grata sorpresa! –dijo el otro hombre–. Mi hijo me ha dicho que lo conoció el otro día–. Gracias por hacerle sentir que puede contribuir a hacer del mundo un lugar un poco mejor. Es un concepto importante que siempre he intentado inculcarle, y me alegra que esté encontrando buenas influencias en el mundo empresarial.

–Un placer –contestó Xavier de corazón.

¡Vaya! De pronto sentía cierto orgullo y satisfacción de estar al frente de LBC. Bueno, aunque solo fuera de forma temporal. Val le había dicho que LBC haría de él mejor persona; quizá era a aquello a lo que se refería.

–¿Qué puedo hacer por usted? –le preguntó el señor Perry.

Xavier le explicó su idea de la subasta benéfica, y el hombre se ofreció a donar una rara botella de whisky Macallan que, según le dijo, podría venderse por más de cien mil dólares. Era una donación muy generosa, y así se lo dijo Xavier. El señor Perry le prometió enviarle el nombre de unos cuantos colegas que tal vez estuvieran dispuestos a contribuir también y se despidieron.

—Bien hecho —le dijo Laurel a Xavier cuando hubo colgado.

—Pero si ni siquiera sabes cómo ha ido —la picó él, aunque sabía que tenía en la cara una sonrisa que no podía contener.

Claro que… ¿por qué habría de contenerla? Había seguido su consejo y esa vez había salido victorioso.

—Sí que lo sé. Lo veo en tu cara —murmuró ella en un tono cálido que lo envolvió.

—¿Qué le pasa a mi cara?

—Normalmente siempre tienes una expresión impasible. Me gusta más cuando me dejas entrever cómo te sientes.

—Pues debo decir que eres una de las pocas personas capaces de ver en mi interior.

Aquella conversación se estaba tornando demasiado íntima, pero, en vez de dar un paso atrás, tomó a Laurel de la barbilla y la besó en la mejilla, a modo de gracias. Era la primera vez que, después de acostarse con una mujer, en vez de querer darle puerta, quería retenerla.

—Y parece que me haces mucho bien —murmuró.

A juzgar por el modo en que se iluminaron sus ojos, eso la complació inmensamente.

—Quizá deberías hacer unas cuantas llamadas más ahora que está en racha —sugirió Laurel con una sonrisa, antes de levantarse—. Te dejaré a solas para que te concentres.

Sí, quizá fuera lo mejor, porque Xavier sentía que estaba empezando a ponerse un poco sentimental. Además, no quería asustarla solo porque había descubierto algo nuevo y maravilloso. Podía esperar un poco para demostrarle cuánto significaba para él.

Capítulo Doce

El día de la subasta, aunque era sábado, Xavier y Laurel ya estaban en planta a las cinco de la mañana. Tenían una lista con unas quince mil cosas por hacer. Y aunque todo el mundo en LBC estaba arrimando el hombro, era como si la lista nunca se acabara.

Él iba al volante del camión que habían alquilado y Laurel iba sentada a su lado, hablando sin parar de los cambios que había hecho en el menú del catering. Él no le estaba prestando demasiada atención porque, cuanto más se acercaban al recinto, más nervioso se sentía.

Había llegado la prueba de fuego, el evento que llevaban dos semanas enteras planificando. ¿Y si no salía tan bien como esperaban? El valor estimado de los objetos donados para la subasta superaba los tres millones de dólares, pero ese era solo el valor por el que habían sido asegurados. Su valor real cuando los asistentes pujaran por ellos podría no llegar ni a la mitad. Todo dependía de lo generosos que quisieran mostrarse. No, se corrigió, dependía de que él les convenciese de que debían ser generosos. Pero ¿y si no lo conseguía?

—Siento que te está entrando el pánico —dijo Laurel, leyéndole el pensamiento.

—«Pánico» es una palabra demasiado fuerte.

—Y ahora que estás usando ese tono tuyo de «no me preocupa nada» es cuando sé que «pánico» es la palabra adecuada –apuntó ella. Le puso una mano en el muslo y se lo apretó suavemente para infundirle ánimo–. Claro que, si no quieres que ande haciendo suposiciones, siempre puedes decirme qué te pasa en este momento por la cabeza.

El semáforo que tenían delante se puso en rojo, y Xavier esperó a que se hubieran detenido para contestarle.

–Sí, es verdad, me está entrando el pánico –admitió. ¡Pues sí que les estaba inspirando confianza a ambos!, pensó frunciendo el ceño–. No sé por qué. Sé que no debería estar nervioso.

Laurel le acarició el muslo con la mano.

–Porque esto es importante para ti. No hay nada de malo en eso.

–Sí, pero no es bueno que me afecte tanto –replicó él–. Hoy no puedo fallar.

–Y no lo harás –le dijo ella con una fiereza que le hizo a Xavier dar un respingo–. No vamos a fracasar. Estoy aquí, a tu lado, y estamos en esto juntos. ¿Es que todavía no lo has entendido?

–Pero… ¿y tú por qué te estás implicando tanto en esto? Es cosa mía –refunfuñó, consciente de que era por los nervios por lo que estaba un poco gruñón.

Le había lanzado esa pregunta solo por cambiar de tema, pero ahora que la había hecho se dio cuenta de que era algo que lo tenía un tanto desconcertado: habían estado trabajando en aquello doce horas al día, incluso en fin de semana, y a Laurel no le iba nada en aquello.

–Pues por eso, bobo –contestó ella con una sonrisa, como si fuera evidente–, porque me necesitas. Por eso estoy aquí.

–Pero… es que ni siquiera sabes por qué es tan importante para mí.

De inmediato deseó no haber dicho esas palabras. Laurel era demasiado perspicaz como para dejarlo pasar. El caso era que el tema de su herencias era una cuestión complicada que aún no había hablado con ella, y acababan de entrar en el aparcamiento del hotel en el que habían alquilado un salón. Tenían un montón de trabajo por hacer para preparar todo para la subasta, que se celebraría a las ocho de la tarde.

No solo tenían que decorar el salón y ultimar cada detalle, sino que además, como habían decidido que fuese un evento de etiqueta, cuando hubieran terminado con todo tendrían que ir a cambiarse y arreglarse. No podían quedarse en camiseta y vaqueros. No había tiempo para explicarle lo de la herencia, y no quería verse en la tesitura de explicarle también por qué no se lo había contado hasta ese momento.

Laurel ladeó la cabeza.

–¿Quieres decir que este evento tiene algún otro objetivo, aparte de recaudar dinero para los necesitados?

–Sí.

Ahora tenía otra razón más para no seguir por ese camino: parecía que Laurel había dado por hecho que estaba nervioso por aquel evento solo por razones altruistas, y no quería decepcionarla.

Tenía que decirle la verdad; se lo debía. Aunque solo fuera por el hecho de que ella también se estaba dejando la piel. Había dedicado a aquello tiempo, esfuerzos y había depositado su fe en él.

Pero además, también debería contárselo porque había llegado el momento de la verdad. Si quería demostrar a Laurel que confiaba en ella, en eso era en lo que se basaba la confianza: tenía que abrirse a ella y contárselo todo, hasta lo que le avergonzaba, y confiar en que no se bajaría del camión repugnada.

–Es que… bueno, el testamento de mi padre es… poco convencional. En él estipulaba que Val y yo teníamos que ocupar el puesto del otro durante seis meses para recibir la herencia que nos corresponde a cada uno.

–Aaah… Así que por eso tú estás ahora al frente de LBC y él al frente de…

–Hay más –la cortó él. Detestaba interrumpirla, pero si no lo decía todo de corrido tal vez no sería capaz de hacerlo–. El testamento estipulaba que yo tengo que recaudar diez millones de dólares en donaciones para LBC o no veré ni un céntimo de mi herencia.

–Pero eso es ridículo… –murmuró Laurel de inmediato–. Una herencia no debería venir con condiciones. ¿Qué pretendía conseguir tu padre con eso? No es que vaya a volver del otro mundo para ver si pasaste esa prueba o no.

–Bueno… sí, exacto –balbució él. ¿Era normal que se sintiese tan aliviado de que Laurel lo entendiera?, ¿que hubiera señalado al verdadero culpable en vez de arremeter contra él por ser tan superficial?–. Yo entiendo de diamantes, no de organizar eventos benéficos. Me frustra muchísimo esto de sentirme como un pez fuera del agua.

–Pues eres increíble y vas a sacar esto adelante. Funcionará. Y si no conseguimos recaudar lo suficiente con la subasta, organizaremos más eventos. Estoy tan indignada que no pararé hasta que lo logremos.

–¿En serio? –inquirió él con incredulidad. De todas las reacciones que podía haber tenido, aquella era la única que jamás se habría esperado–. ¿Sigues dispuesta a ayudarme con esto, aun sabiendo que estoy haciendo esto por razones puramente materialistas?

Laurel hizo un ademán despreocupado, como si estuviese apartando a un insecto molesto con la mano, y sacudió la cabeza.

–No haces esto solo por el dinero, y me da igual lo que puedas decir: no vas a convencerme de lo contrario. Tu padre te ha hecho una jugarreta, y puede que hasta te haya herido en tu orgullo con esto. Quieres pasar esta prueba para darle en las narices; lo entiendo.

–Bueno, supongo que sí –murmuró él. Se quedó mirándola aturdido, y de pronto sintió que en su pecho se aliviaba un gran peso que había llevado hasta entonces, dejándole espacio a ella, como si ese siempre hubiera sido su lugar–. ¿Dónde habías estado todo este tiempo?

–En Springfield –respondió ella riéndose–. Nací y crecí allí. Vine a Chicago a estudiar al terminar el instituto y acabé quedándome aquí.

Xavier no pudo contenerse y la atrajo hacia sí para tomar sus labios con un fiero beso al que ella respondió afanosa. Y, por primera vez, Xavier creyó de verdad que sería capaz de pasar aquella prueba para conseguir su herencia.

La subasta fue un éxito rotundo. Y, por supuesto, no podría haber sido menos con lo mucho que se habían implicado todos los empleados de LBC, que habían donado objetos artesanales creados por ellos con amor.

Xavier había estado magnífico en su papel de maestro de ceremonias, hasta el punto de que Laurel no fue capaz de apartar los ojos de él en toda la noche.

Como tampoco podía apartarlos en ese momento mientras, con la corbata desanudada y colgada del cuello, daban indicaciones a los voluntarios que estaban retirando la enorme pancarta que habían colocado sobre el estrado.

Cuando la pilló mirándolo, Xavier le lanzó una sonrisa, y una vez estuvo descolgada la pancarta, dejó a los voluntarios que continuaran y la llevó a un rincón.

—Ha ido muchísimo mejor de lo que esperaba —comentó, dándole un abrazo de celebración.

Una tremenda avalancha de emociones asaltó a Laurel, que dejó que la envolviera unos segundos antes de apartarse de Xavier con pesar. Cuanto más tiempo permaneciese en sus brazos, más querría confesarle los sentimientos que su corazón albergaba.

—No podemos ponernos tiernos ahora; todavía queda demasiada gente de LBC por aquí –le recordó.

—Pues entonces deberíamos irnos a casa —murmuró él, y el deseo asomó a sus ojos tan deprisa que Laurel sintió vértigo.

A casa… a su casa…, el lugar que, inconscientemente, ella había empezado a considerar su casa también. Pero no lo era, por más que él intentara que se sintiera cómoda allí.

Y tampoco quería dejarse atrapar por la tentadora idea de que con el tiempo tal vez le pediría que se quedase a vivir allí, que fuese parte de su vida.

—¿No tenemos todavía trabajo por hacer? –replicó sin aliento.

–Yo ahora mismo solo hay una cosa que quiera hacer, y no tiene nada que ver con la subasta –le dijo él. Su profunda voz se deslizó dentro de ella como un río de lava, prendiendo fuego a su paso–. Llevamos aquí todo el día. Y para algo están los voluntarios.

–Bueno, eso no te lo puedo discutir –respondió ella.

Y antes de que acabara la frase Xavier estaba ya conduciéndola hacia la puerta y murmurándole al oído cosas picantes que la hicieron estremecerse de placer. El aparcacoches tenía el Aston Martin de Xavier esperándolos junto a la acera, y en cuanto se subieron Xavier lo puso en marcha con impaciencia y se alejaron a toda velocidad.

Laurel había aprendido a calibrar lo excitado que estaba por su manera de conducir, y a juzgar por el chirrido de las ruedas cuando giraron, estaba al borde la fusión termonuclear. Bien, porque ella estaba igual.

A los pocos segundos de entrar en el dormitorio Xavier le levantó el vestido, se lo sacó por la cabeza y la llevó con él hasta la cama. Cayeron sobre el colchón en una amalgama de brazos y piernas, y Xavier la arrastró a un mundo de sensaciones donde solo existían ellos dos. La besó y la acarició, llevándola hasta cotas insoportables de placer, y cuando alcanzó el orgasmo casi sollozó de alivio. Xavier eyaculó poco después, mientras ella se aferraba a sus hombros.

Cuanto más hacían aquello, más le preocupaba acabar con el corazón roto cuando llegara el momento de separarse de él. Aquello no era el preludio de una relación a largo plazo.

Además, prácticamente había decidido que iba a abandonar la investigación sobre el fraude porque no había encontrado ninguna prueba. Y estaba segura de que el conocer a Xavier la había ayudado a crecer como persona y que le recordaría con cariño.

Pero ahí acabaría todo, se dijo. Y, sin embargo, cuando Xavier la atrajo hacia sí y le peinó el pelo con los dedos, no sentía como si aquello estuviese desinflándose. Eso tenía que significar algo… aunque no sabía muy bien qué.

—Aún no puedo creerme que ese cuadro de Miró se vendiera por más de un millón de dólares —comentó Xavier de repente—. Solo con ese cuadro hemos conseguido lo que me había convencido de que sacaríamos como mucho en total.

—Fuiste tú quien conseguiste subir la puja —le recordó ella, aliviada por poder olvidarse por un momento de la preocupación y el drama que rondaban su mente—. Parecía que llevaras toda tu vida organizando subastas cuando te subiste al estrado y anunciaste que había dos coleccionistas entre el público y empezaron a pujar el uno contra el otro.

Xavier se encogió de hombros con modestia.

—Me ayudó el conocer a buena parte de la gente que asistió.

—Sí, es verdad. Y pretendiera lo que pretendiera tu padre con ese juego del testamento, no impedirá que recibas tu herencia.

Y al menos ella podría ayudarle a conseguirlo antes de que lo suyo terminara.

—Si hemos recaudado tanto como esperamos con la subasta, debería faltar poco para llegar a los diez millones —respondió él.

—Si quieres el lunes me reuniré con Addy y con alguien del departamento de contabilidad para que tengamos unas cifras más concretas.

–Me parece una gran idea –murmuró Xavier, descendiendo beso a beso desde su cuello hasta el hombro.

Laurel se arqueó cuando apretó los labios contra uno de sus senos, y se olvidó por completo de la subasta.

No fue hasta el lunes por la mañana, sentada ya entre Addy y Michelle, del departamento de contabilidad, cuando Laurel se dio cuenta de que aquello era justo lo que tanto había ansiado al entrar a trabajar allí de forma encubierta: que confiaran en ella lo suficiente como para dejarle ver los libros de cuentas de LBC.

El corazón le latía muy deprisa mientras escuchaba a Addy y Michelle le explicaban en detalle los números que estaban repasando. Nada calmaba sus nervios; ni siquiera el saber que Xavier estaba muy, muy cerca del objetivo de los diez millones de dólares en donaciones. Si organizaban otro evento benéfico igual de exitoso, llegaría a esa cifra sin ningún problema.

Sin embargo, eso también significaba que pronto ya no la necesitaría más a su lado, y al pensarlo se le cayó el alma a los pies. No podía seguir fingiendo que no sufriría con aquella separación; no cuando la sola idea de perderle hacía que le doliera tanto el corazón.

Laurel le preguntó a Michelle cuándo tendría las cantidades finales de la subasta, y anotó unas cuantas ideas con Addy para otro evento benéfico. Las tres se quedaron charlando, y en un momento dado Michelle y Addy derivaron en una conversación totalmente distinta sobre un problema relativo al departamento de los servicios de comidas que, según parecía, venía pasando desde hacía un tiempo. Laurel, que seguía añadiendo ideas para otro evento en su libreta, no les estaba prestando mucha atención.

–Los cálculos de Jennifer para los presupuestos hace tanto que cojean que ya nadie dice nada –le estaba comentando Michelle a Addy, señalando con un gesto despectivo la pantalla del portátil que tenía abierto frente a sí.

–Sí, lo sé –respondió Addy, poniendo los ojos en blanco–. Marjorie solía quejarse acerca de eso al menos dos veces al mes: cuando Jennifer le presentaba el presupuesto y luego, cuando le pasaba la relación de los gastos. No sé por qué Jennifer se molesta siquiera en hacer esos presupuestos.

–Porque yo la obligo a hacerlos –le dijo Michelle entre risas–. Si tuviera que aprobar los gastos que me pasa luego, me volvería loca intentando cuadrarlos con los presupuestos. Me alegro de que sea Val quien se ocupe de eso.

Laurel se esforzó por ignorar el cosquilleo que le recorrió la espalda, pero no sirvió de nada. Algo le decía que había algo detrás de aquello.

–¿Es Val quien comprueba las facturas del departamento del servicio de comidas y da el visto bueno? –les preguntó–. ¿No alguien de contabilidad?

–Sí, es Val quien lo hace –contestó Michelle–. O, bueno, quien lo hacía. Es Xavier quien se encarga ahora, sobre todo por las cantidades de las que estamos hablando. LBC tiene unas normas sobre quién puede aprobar los gastos a partir de ciertas cantidades.

Y eso era lógico. Pero en cambio era algo inusual que alguien se preocupara de cuadrar con lo presupuestado. Y más que alguien hubiese hecho algo respecto a esas inconsistencias, que según parecía se remontaban a meses y meses atrás.

Laurel se guardó para sí esa información y decidió no presionar a Michelle para saber más, puesto que no había evidencia de delito alguno.

Sin embargo, a medida que avanzaba el día, no podía dejar de darle vuelta. Las fuentes que la habían llevado a iniciar aquella investigación habían mencionado inconsistencias en la contabilidad. Y aunque esas inconsistencias se referían a los artículos almacenados en la sala de suministros y no en la despensa, podría ser que hubiese problemas con más de un departamento. O podría ser que no hubiese ningún problema y que sus sospechas fueran infundadas y pudieran desmentirse con facilidad. Y por eso había ido a LBC, para averiguarlo.

Fuera como fuera, había llegado el momento de poner al corriente a Xavier de lo que había oído. Era lo que se había prometido que haría, y no solo sería una buena manera de poner a prueba cuáles eran sus intenciones con respecto a ella, sino que además descubriría si lo suyo iba a algún sitio.

Capítulo Trece

Cuando Laurel entró en su despacho al final de la mañana, a Xavier le pareció que estaba muy seria.

–¿Es una visita de trabajo? –le preguntó.

Al verla asentir y cerrar la puerta, Xavier cerró también su portátil y se cruzó de brazos, expectante.

–He hablado con Michelle, del departamento de contabilidad, hace un rato –comenzó ella, pero luego se quedó callada, vacilante.

Xavier se puso tenso. Laurel había mencionado que preguntaría por la cantidad que llevaban recaudada en donaciones, incluyendo lo que habían conseguido con la subasta. No podían estar tan por detrás del objetivo de los diez millones de dólares…

–¿Por qué me parece por tu cara que no son buenas noticias? –le dijo–. No se me dan tan mal las matemáticas; no podemos estar más que a un par de millones del objetivo, ¿no?

–¿Eh? Ah, no, claro que no –respondió ella. Parecía contrariada de que lo hubiera sacado a colación, como si aquello ni se le hubiera pasado por la cabeza–. No, vamos bien. Con que organicemos otro evento y se dé tan bien como la subasta, estará hecho. De hecho, Addy y yo hemos estado apuntando unas ideas que te consultaré en otro momento.

–Ajá, bien. ¿Y por qué eso no me hace sentir mejor?

Laurel esbozó una breve sonrisa.

–Mientras hablaba con Michelle, salieron otras cosas –comenzó a explicarle–, sobre la contabilidad relativa al departamento del servicio de comidas. Verás, no… –hizo una mueca–. No me gusta especular, así que te contaré lo que dijo y dejaré que saques tus propias conclusiones. Según parece hay una situación recurrente que todo el mundo se toma a guasa: la encargada de ese departamento nunca consigue cuadrar sus presupuestos con los gastos. Siempre se excede en los gastos, pero nadie le pide explicaciones.

Xavier, que tenía experiencia a ese respecto pues durante los últimos diez años había repasado innumerables balances en las reuniones mensuales de LeBlanc Jewelers, hizo un esfuerzo por mantener la calma.

–Sospechas que se está cometiendo fraude.

No era una pregunta, y la expresión de Laurel lo inquietó.

–No lo sé –respondió ella–, solo sé que Michelle mencionó que Val se encargaba de aprobar los gastos de ese departamento. Y que ahora lo haces tú.

–Está bien –dijo él. Tenía que empezar a investigar ese asunto enseguida–. Gracias por decírmelo; es cosa mía y me ocuparé de que se aclare.

La desazón que sentía en el estómago se incrementó cuando se dio cuenta de que Laurel no había saltado de inmediato a ofrecerse a ayudarle, a decirle que estaban juntos en aquello, como en lo demás.

Si había alguien robando en LBC, lo descubriría, y esa persona, o personas, lo pagarían muy caro. Luego ya se preocuparía acerca de por qué tenía la sensación de que Laurel estaba intentando escabullirse.

Muchas horas después, tras un repaso interminable y agotador, Michelle, la encargada del departamento de contabilidad, y él habían repasado juntos los números las veces suficientes como para llegar a la conclusión de que solo habían rozado la superficie del problema. A Michelle no se le había borrado la preocupación de la cara en ningún momento, y estaba seguro de que la suya debía reflejar esa misma preocupación.

—Es tarde —le dijo, viendo que pasaban ya de las ocho—. Deberías irte a casa. Contrataré una auditoría externa mañana por la mañana para que revisen todos nuestros libros de cuentas.

Y al decir «nuestros», lo decía en el sentido estricto de la palabra. En los meses que llevaba allí él había firmado algunos de esos recibos y facturas cuyos montantes parecían haber sido inflados. Parecía que Jennifer Sanders, la gerente del departamento del servicio de comidas, había estado llevándose dinero durante bastante tiempo, y además de un modo descarado.

—Gracias por no despedirme —dijo Michelle en un tono quedo—. Deberíamos habernos dado cuenta de esto mucho antes.

—No dependía solo de ti. Marjorie también debería haber estado más vigilante, igual que Val —respondió Xavier—. Solo te pido que no hables de esto con nadie hasta que no tengamos pruebas suficientes como para presentar cargos.

Hasta que no tuviera pruebas sólidas y averiguara cuánto tiempo llevaba pasando aquello, no podría culpar directamente a nadie. Aunque Val, por el momento, figuraba en lo más alto de su lista. Su hermano tenía unas cuantas explicaciones que dar…

Michelle acababa de marcharse, pero Xavier estaba demasiado tenso como para irse a casa, donde sin duda estaría esperándolo Laurel. No había tenido ocasión de hablar tranquilamente con ella desde que le había dado la noticia de que la gestión de LBC no era tan impecable como debería ser.

Le mandó un mensaje de texto diciéndole que no le esperara para cenar y salió del edificio. Se subió a su coche y condujo hasta el lago, aunque en esa época del año el paisaje estaba un tanto deslucido. Esa noche las aguas del lago estaban agitadas por el viento, además de oscuras porque no había luna.

Quería irse a casa, a pesar de lo enfadado y descorazonado que estaba por aquel asunto del supuesto fraude. El problema era que aún le descorazonaba más no entender las razones por las que Laurel había soltado aquella bomba sobre él y luego se había hecho a un lado, desentendiéndose por completo. ¿Lo habría hecho porque solo estaba en su vida de forma temporal y sus seis meses al frente de LBC casi habían terminado? Quizá pensaba que no debía involucrarse.

No era que quisiera que le resolviese todo su problema; era solo que le gustaría que en aquello también estuviese a su lado. Le gustaría tenerla a su lado para todo. Y también le gustaría poder decirle eso, pero era demasiado pronto. No podía acelerar las cosas.

En vez de dirigirse a la casa de Val en River Forest,

130

que era donde debería ir, se encontró, dejándose llevar por un impulso, tomando la ruta a la costa norte, donde vivía su madre. No la había visitado desde el día de Acción de Gracias del año pasado.

Si alguien podía darle consejo sobre cómo manejar aquel problema con LBC era su fundadora. Fue su madre quien le abrió la puerta cuando llamó al timbre de la mansión palaciega.

–¡Xavier! ¿Pero qué haces aquí a estas horas? –inquirió. Apretó los labios con preocupación–. ¿Va todo bien?

Patrice LeBlanc, que podría pasar por una mujer de cuarenta y cinco años, tenía un magnífico cabello rubio ceniza que las mujeres a las que doblaba en edad le envidiaban.

–Hola, mamá. Creo que deberíamos hablar.

Ella enarcó las cejas pero no dijo nada y le hizo pasar a su salón favorito, donde tomó asiento en uno de los sofás.

–Me estás asustando, cariño –le dijo finalmente.

Xavier se sentó en el sillón de cuero a su derecha, aunque sabía que habría preferido que se sentase a su lado. Nunca habían tenido una relación muy estrecha. Él había sido el favorito de su padre desde muy niño, mientras que Val había sido siempre el ojito derecho de su madre.

Tiempo atrás había sentido celos de esa buena relación entre su hermano y su madre, pero había acabado superándolo para volcarse en complacer a su padre con una devoción servil. ¡Para lo que le había servido!

–Perdona, no pretendía presentarme a estas horas sin avisar.

–No seas tonto; aquí eres bienvenido ya sea de día o de noche.

Parecía que lo decía de verdad. Y aquello sí que era una novedad, teniendo en cuenta la relación tan distante que habían tenido hasta entonces, aunque quizá la culpa fuera suya. Jamás había tratado de establecer ningún tipo de vínculo con su madre; ni siquiera ahora, tras la muerte de su padre. Quizá hubiese llegado el momento de cambiar eso.

–¿Cómo estás, mamá?

Ella soltó una risa nerviosa.

–Ahora sí que estás asustándome.

Era verdad que no tenía por costumbre preguntarle por su salud, física o emocional, lo cual le avergonzaba más de lo que estaría dispuesto a admitir.

–Es que se me acaba de ocurrir que no he pensado mucho en lo sola que debes sentirte ahora que papá ya no está.

La expresión de su madre reflejó la misma confusión que sintió él tras decir eso. ¿De dónde habían salido esas palabras?, se preguntó. Pero él mismo se respondió: ese cambio era producto del efecto que Laurel tenía en él.

Había despertado tantas emociones en él, abierto dentro de él tantas puertas que hasta entonces habían estado cerradas… puertas tras las que se escondían sentimientos que ni siquiera había sabido que había en su interior, incluso respecto a cosas que nunca había pensado que le importaran.

–Eso es muy considerado por tu parte, cariño. Pues… estoy bien, dadas las circunstancias. Tu padre y yo llevábamos casados casi treinta y cinco años, y es duro estar sola, pero lo sobrellevo como puedo. Y ahora dime: ¿por qué has venido en realidad?

Que fuera tan directa le hizo reír suavemente.

–He descubierto un problema grave en la contabilidad de LBC. Parece que alguien ha estado llevándose dinero mediante facturas y recibos inflados. Estoy muy disgustado.

La ira se apoderó de las facciones de su madre y todo su cuerpo se tensó.

–¡Como para no estarlo! –exclamó–. Cuéntamelo todo. Aunque me haya jubilado, mi apellido sigue siendo LeBlanc.

A pesar de la seriedad del asunto, eso hizo sonreír a Val. Le explicó todo lo que sabía, y le comunicó que ya se había puesto en contacto con una auditoría para que revisaran toda la contabilidad. Su madre asintió y le dijo que era esencial que pusiesen a Val al corriente lo más pronto posible.

–Pero te agradezco que vinieras a mí primero –le dijo–. Es una prueba de lo mucho que has progresado desde la lectura del testamento de vuestro padre. Yo estaba en contra de obligaros a tu hermano y a ti a intercambiar vuestros puestos como él proponía, pero vuestro padre me convenció de que era una buena idea.

–¿Por qué? –le preguntó él de sopetón, ansioso por comprender–. ¿Qué bien podría salir de esta ridícula prueba?

–Cariño… –su madre sacudió la cabeza y lo miró con desaprobación, como si se supusiera que ya debería haberlo deducido por sí mismo–. Si no hubieras conocido LBC desde dentro, ¿habría salido a la luz ese robo? ¿Habrías venido a verme esta noche? A tu padre le preocupaba que estuvieses convirtiéndote en algo demasiado parecido a él, y no quería que llegaras al final de tu vida arrepintiéndose de las mismas cosas que él.

¿De qué se había arrepentido su padre? ¿De haber levantado una empresa que facturaba cada año casi mil millones de dólares? Allí había algo que no cuadraba.

–¿Estás diciéndome que papá ideó esto porque había cosas de las que se arrepentía?

Sin embargo, cuando su madre asintió, no sintió ni un ápice de ira. Su madre tenía razón. Nada de aquello habría pasado si hubiese seguido encerrado en su despacho en LeBlanc Jewelers.

No habría conocido a Laurel. Y si no la hubiera contratado, él no habría llegado a enterarse del robo. Podría decirse que había sido cosa del destino, pero si no hubiera depositado su confianza en ella, no estaría tan cerca de completar con éxito el objetivo que le había impuesto su padre en el testamento.

–Pues claro –asintió su madre–. Lamentaba no haber pasado más tiempo con Val, haberte enseñado a ti a ser tan duro, no haber recorrido el mundo conmigo cuando podía haberlo hecho… –encogió un hombro–. Había muchas cosas de las que se arrepentía.

Xavier no se habría descrito a sí mismo como un hombre «duro». Aunque LeBlanc Jewelers –y según parecía también LBC– requería de alguien que gestionase el negocio con mano firme, y él eso sabía hacerlo. Sin embargo, gracias a su paso por LBC había descubierto que a veces había gente, como Adelaide, a quienes a menudo subestimaba, y lo mucho que perdía con ello.

Aun así, había algo que seguía desconcertándolo.

–Pero, si papá hizo esto para ayudarme… ¿por qué metió a Val también de por medio?

–Val tiene otros retos a los que debe enfrentarse. Básicamente que siempre se involucra demasiado. Tiene que aprender a ser más objetivo en vez de dejarse llevar siempre por el corazón. Tu padre pensaba que Val aprendería de la experiencia de pasar seis meses al frente de LeBlanc Jewelers, y que también sería bueno para la empresa. Y creo que no se equivocaba.

Xavier se pasó una mano por el cabello mientras intentaba poner en orden sus ideas. Entonces, si podía creer lo que decía su madre… su padre no había pretendido arruinarles la vida poniéndolos a prueba.

La creía. Y eso significaba que había dejado de desconfiar de todo el mundo por defecto, como hasta entonces. Si con algo se quedaba de aquella conversación, era que ni podía seguir desconfiando de Laurel, ni tampoco dejarla marchar. Ya iba siendo hora de que admitiese que se había enamorado de ella.

Cuando Xavier entró como un vendaval en el dormitorio y se abalanzó sobre Laurel con un fiero abrazo, esta apenas pudo emitir un gemido ahogado antes de que devorara sus labios con el beso más increíble que habían compartido hasta entonces.

Sus manos no paraban quietas: le acariciaban el pelo, se deslizaban por su espalda, la estrechaban con fuerza contra él…

Debería preguntarle por su reunión con Michelle, si ya había cenado, o qué había provocado ese arranque tan ardiente, pero su cerebro parecía haber sufrido un cortocircuito y dejó que la arrastrara la tormenta hasta que finalmente Xavier separó sus labios de los de ella y apoyó la frente en la suya.

–Hola –murmuró con una pequeña sonrisa.

–Hola –respondió a duras penas Laurel, que aún estaba intentando recobrar el aliento.

–Te he echado de menos.

Dios… Y ella a él. Había estado paseándose arriba y abajo, inquieta, por su estudio, en el piso de abajo, hasta que al final había decidido subir al dormitorio, aunque estaba segura de que no lograría conciliar el sueño hasta que él no llegara.

–Esa impresión me ha dado –acertó a decir–. Confío en que no te moleste que haya venido aquí a esperarte.

–Pues claro que no –replicó él–. De hecho, era lo que quería: encontrarte aquí. Y me gustaría que siempre fuese así –le puso una mano en la mejilla y le acarició los labios con el pulgar–. Vente a vivir conmigo. Mañana mismo. Hagámoslo oficial.

«Sí, sí, sí, sí…». Eso era lo que quería responderle. Sí a descubrir cómo sería entregarse por entero a alguien. Sí a explorar lo que podrían llegar a ser el uno para el otro. Sí a… ¡No! No, imposible…

De pronto se le había hecho un nudo en la garganta. Tenía que decirle la verdad. Xavier la soltó finalmente, y se masajeó la nuca, como nervioso, mientras la miraba expectante.

–¿Voy demasiado deprisa? –le preguntó con una risa incómoda–. He venido desde casa de mi madre ensayando lo que iba a decirte, pero supongo que no ha salido como quería. Perdona si he metido la pata.

—No, es que… –balbució Laurel. ¿Había ido a casa de su madre? ¿Para pedirle consejo sobre cómo poner su mundo patas arriba, como acababa de hacer, o por alguna otra razón? La cabeza le daba vueltas–. No has metido la pata. Bueno, al menos yo no creo que lo hayas hecho. ¿Qué es lo que intentas decirme?

—Intento decirte que me estoy enamorando de ti, Laurel.

Y con esas sencillas pero arrolladoras palabras, todo se dislocó: su alma, sus planes, su cordura…

—No puedes soltarme eso así, de repente –susurró, aunque su corazón se aferraba con avidez a la idea de que Xavier LeBlanc acababa de confesarle que estaba enamorándose de ella–. Ahora no…

—¿Y entonces cuándo? –inquirió él. La confusión contrajo sus apuestas facciones, haciendo a Laurel sentirse aún peor–. No te oigo decir que no sientes lo mismo. ¿Qué es lo que nos frena?

«La verdad…».

—¡Que no sabes quién soy en realidad! –explotó ella, deseando con todas sus fuerzas habérselo dicho antes para poder confesarle que ella también se había enamorado de él.

Aquello no debería estar pasando; no así… Xavier dio un paso atrás, y su expresión osciló tan deprisa de unas emociones a otras que Laurel no pudo interpretarlas todas.

—¿Qué estás diciendo?

—¡Es lo que trato de explicarte! –exclamó Laurel. Inspiró profundamente. No sabía cómo decírselo, así que decidió lanzarse al vacío y confiar en que él impediría su caída–. Soy una reportera de investigación –le dijo de sopetón, rogando por que se lo tomara como esperaba–. Me presenté como candidata a ese puesto en LBC para destapar el fraude que sospechaba que estaba produciéndose. Lo siento; debería habértelo dicho antes.

–Pero no lo hiciste –contestó él lentamente–. ¿Por qué?

–¡Lo intenté! En la sala de reuniones el otro día. Me interrumpiste al menos cuatro veces…

–Ya. ¿Y es que te he tenido amordazada cada minuto desde ese día o qué?

–Creía que lo nuestro no iba en serio, Xavier. Jamás esperé que fuera a tener una razón para decírtelo. Pero me estaba dando cuenta de que esto iba a más y quería decírtelo, pero… No había encontrado pruebas sólidas hasta hoy, y ahora, de repente, llegas y lo pones todo patas arriba.

–A ver si lo entiendo –comenzó Xavier. Se pellizcó el puente de la nariz con los dedos y cerró los ojos un instante, como si no pudiera creer lo que estaba oyendo–: nunca habías organizado un evento benéfico, y has estado jugando conmigo todo este tiempo.

–¡No!, ¡Dios mío, no! –exclamó ella. Horrorizada, alargó la mano hacia él, y dio un respingo, dolida, cuando Xavier se apartó–. ¿Por qué piensas que haría algo así? Sí que he organizado eventos benéficos en el pasado, eso es verdad. Igual que lo que siento por ti. Lo que hay entre nosotros es real.

–No, no lo es –la corrigió él con aspereza–. Ahora mismo no me creo ni una sola de las palabras que salen de tu boca.

–Xavier… –murmuró ella. Desechó al menos cuatro frases manidas que cruzaron por su mente para demostrar su inocencia. No, no era inocente—. Tienes razón, y lo siento. No debería habértelo ocultado. Pero hay algo que no sabes y es lo más importante: no voy a hacer ese reportaje. Por eso te conté la conversación que había oído entre Adelaide y Michelle, porque había cambiado de idea.

—Te agradezco esa generosidad —le dijo él en un tono apagado—. Pienso presentar cargos contra la presunta sospechosa en cuanto tenga las pruebas necesarias. Si hubieras destapado lo que estaba haciendo habría tenido tiempo de cubrir sus huellas, así que estamos en paz. Yo no te despediré por haber aceptado el empleo bajo un falso pretexto, y tú le presentarás tu dimisión a Adelaide mañana a primera hora.

No iba a darle una segunda oportunidad… A Laurel se le partió el corazón en mil pedazos. Había vuelto a estropearlo todo, a pesar de que esta vez había intentado hacer lo correcto.

—¿Y ya está?, ¿no vas a decir nada más? —inquirió con incredulidad.

—¿Qué quieres que diga? Según parece lo nuestro no iba en serio y yo había malinterpretado nuestra relación.

Su voz había adquirido ese tono que ella detestaba, el que adoptaba para asegurarse de que los demás entendieran que estaba por encima de las emociones mundanas, que nada le afectaba.

—Yo quería que fuéramos en serio; lo que pasa es que no…

—¿Que no qué? ¿Que no creías que mereciera saber la verdad? ¿Que no creías que lo fuera a descubrir?

¿Que no creías que me molestaría? –le espetó él mirándola fijamente–. Pues te equivocabas; en todo.

Laurel captó el mensaje a la primera: ya no le importaba nada.

–Puedes llevarte tus cosas de mi casa cuando quieras; yo no estaré aquí –murmuró Xavier.

Y, tras decir eso, salió calmadamente, dejándola allí de pie, temblorosa, preguntándose cómo podía haber sido tan estúpida como para haberse quedado a la vez sin el reportaje y sin el hombre al que amaba.

Capítulo Catorce

Xavier acabó conduciendo hasta la casa de Val después de todo. No tenía otro sitio adonde ir, y necesitaba
hablar. Laurel era una mentirosa. Y muy hábil, además. Todo ese tiempo él se había echado en cara sus
sospechas, cuando la realidad era que Laurel era una
reportera encubierta que había estado husmeando para
destapar un escándalo que desprestigiaría a LBC.

Quería odiarla, dejarse llevar por la indignación,
reafirmarse en las justificaciones que le habían hecho
alejarse de ella. Pero no sentía nada, era como si estuviese aturdido, anestesiado.

Era más de medianoche cuando llegó a casa de Val.
Debería marcharse. Estando del humor que estaba, Val
era la última persona con quien debería hablar. Y más
teniendo en cuenta que aún no le había contado lo de
Jennifer Sanders.

Justo cuando iba a encender el motor de nuevo para
marcharse, Val apareció junto al coche y golpeteó el
cristal con los nudillos.

Xavier bajó la ventanilla.

–¿Cómo…?

–Me ha llamado Laurel –le explicó Val sin preámbulos–. Vamos dentro.

Xavier suspiró, se bajó del coche y lo siguió hasta
la casa.

–Sabrina está dormida –le siseó Val mientras lo conducía al salón–. Procura no hacer ruido.

Xavier se preguntó qué estaría pensando su hermano de él, sabiendo que había estado acostándose con el enemigo. O potencial enemigo, ya que Laurel había desistido de hacer aquel reportaje. Y lo había hecho porque… No recordaba por qué. Porque no había encontrado pruebas suficientes o algo así. Quizá había esperado que él se fuera de la lengua una noche, mientras estaban juntos en la cama.

No, Laurel no era así. Sabía que no era así. Pero le había mentido. Repetidamente. ¿Había algo de todo aquello que hubiera sido real?

Apesadumbrado, se dejó caer en un sillón y apoyó la cabeza en las manos. Tenía que pasar página y dejar de pensar en ella, se dijo masajeándose las sienes.

–Empieza tú –le dijo a su hermano, que se había sentado frente a él.

–Sé que Jennifer estaba llevándose dinero. Lo sé desde hace meses –comenzó Val encogiéndose de hombros, como si no acabase de soltar un bombazo–. Aunque ella ignora que lo he descubierto. Su marido tiene cáncer en estadio cuatro y está en fase terminal. Ya sabes lo elevados que son los gastos médicos y lo miserables que son las compañías de seguros, que no te cubren nada. Apenas puede pagar las facturas, pero se niega a aceptar el dinero que le ofrecí para ayudarla. Dime qué harías tú en esa situación.

–Nada de eso, desde luego –le espetó Xavier de inmediato–. No se puede dejar que un empleado robe. Yo la despediría y dejaría que se enfrentara a las consecuencias de sus actos.

Y probablemente esa era la razón por la que su padre les había puesto aquella prueba, pensó de repente, al oírse decir aquellas palabras tan duras.

—Esa es una mierda de respuesta. Es lo que diría papá. ¿Qué harías tú? —le preguntó Val.

—Yo… no lo sé… —balbució Xavier.

Era imposible para aquellos sutiles pero poderosos cambios en su interior. Había empezado a pensar con el corazón, y sabía que sería incapaz de despedir a esa mujer.

—Hasta que tengas la respuesta a esa pregunta, no presentes cargos —le sugirió Val en un tono quedo—. Marjorie llevaba una contabilidad paralela con la que subsanaba esas discordancias, así que no tenemos que preocuparnos por lo de la auditoría.

Ya sabía él que Marjorie también había tenido algo que ver en aquello. ¿Cómo sino podría haberse explicado que Michelle, que era la encargada de la contabilidad, no hubiera sabido nada hasta entonces?

De modo que, desde el punto de vista legal estaba todo bien. Desde el punto de vista ético quizá no, pero también era cierto que no sería justo juzgar duramente a Jennifer con la situación por la que estaba pasando, y que no podía sancionarla por lo que había hecho.

—Lo consultaré con la almohada —respondió.

Y de pronto, la idea de una cama vacía, sin Laurel, le llenó de tal tristeza que no se le ocurría otro motivo para lo que le soltó de pronto a su hermano.

—Laurel y yo hemos roto.

Val asintió y lo miró preocupado.

—Lo sé. Eso también me lo contó Laurel.

—¿Te ha contado todo? ¿También que nos ha mentido?

–Todo. Incluido lo mucho que le gusta trabajar en LBC, hasta el punto de que está pensando en dejar el periodismo. Me preguntó si habría alguna posibilidad de que perdonáramos su engaño y de que volviera a trabajar en la fundación cuando tú hayas vuelto a Le-Blanc Jewelers.

Probablemente ese era el verdadero motivo por el que Laurel lo había llamado. Para ganarse su favor, porque sería para Val para quien trabajaría.

–Y les ha dicho que sí –adivinó–. Y supongo que también le habrás dicho que no había problema en que entretanto siga trabajando allí.

–Eso depende de ti.

–Ya veo. ¿De verdad me estás diciendo lo que me estás diciendo? Si dejo que se quede, ¿cómo crees que me sentiré cada vez que nos crucemos por los pasillos, sintiendo lo que siento por ella?

Xavier contrajo el rostro al darse cuenta de lo que acababa de revelarle sin querer. Le dolía el corazón, le dolía el alma. Detestaba sentirse así.

–Lo siento –murmuró Val–. Sé lo duro que esto debe estar siendo para ti.

–¿Qué vas a saber tú? –le espetó Xavier irritado. Pero luego suspiró y le pidió disculpas–. Perdona; estoy hecho un lío.

Val asintió y le puso una mano en el hombro.

–Sé lo que es eso –le dijo su hermano–. Aunque yo estaba en el otro extremo. Fui yo quien le hice daño a Sabrina y tuve que arreglarlo. Y soy un hombre afortunado, porque me perdonó, y no tomó en cuenta mis defectos cuando aceptó casarse conmigo. No sé dónde estaría sin ella.

—Eso es totalmente distinto —replicó él.

Además dudaba que lo que Val le hubiera hecho a Sabrina fuese ni de lejos tan malo como lo que Laurel le había hecho a él. Su hermano era un santo: dirigía LBC con mucha mano izquierda, y la prueba era que había hallado el modo de permitir que una mujer cuyo marido estaba muriéndose por una grave enfermedad pudiera pagar las elevadas facturas del hospital sin perder su trabajo ni su dignidad.

—¿Qué le hiciste a Sabrina? —preguntó de todos modos.

Val cerró los ojos un momento, como si el solo recuerdo le causase dolor.

—No íbamos en serio y de pronto, un día, se quedó embarazada. No cambié el modo en que enfocaba nuestra relación, como debería haberlo hecho. Pero es que pasó tan rápido… Nunca había ido en serio con una mujer, y todo aquello era nuevo para mí. Cometí muchos errores. Pero por suerte me perdonó, lo cual, por cierto, es el secreto de un matrimonio feliz. Nunca dejas de cometer errores porque todo es nuevo, cada día es distinto… pero mientras seas capaz de perdonar, la cosa funciona.

—¿Quién ha hablado de matrimonio? —preguntó Xavier aturdido—. ¡Si yo aún ni he sido capaz de pedirle que se venga a vivir conmigo!

Val enarcó las cejas.

—Quizá eso sea parte del problema: puede que hayas estado enfocando vuestra relación de un modo informal hasta que te sentiste preparado para ir un paso más allá, pero no se lo dijiste, y es posible que Laurel siga pensando que no vas en serio.

—¿Te ha dicho ella eso?

¿Pero qué diablos le pasaba? Prácticamente estaba suplicándole a su hermano que le contara lo que supiera cuando debería haber desterrado ya a Laurel de su mente. El problema era que, cada vez que lo intentaba, no podía dejar de recordar sus besos, su risa… Laurel significaba muchísimo para él, pero no veía que ella sintiera lo mismo.

–No –respondió Val–. Me dijo que había fastidiado lo mejor que le había pasado en la vida, y que no quería que ocurriera lo mismo con lo segundo mejor, y por eso me llamó, con la esperanza de poder salvar su trabajo en LBC, puesto que a ti ya te había perdido.

Xavier parpadeó.

–¿Yo soy lo mejor que le ha pasado en la vida?

–Lo sé, para mí también fue un shock –lo picó Val con una sonrisa burlona–. Y ahora viene la parte en que te subes a tu coche y vas a buscarla para que se disculpe directamente contigo en vez de a través de mí.

Xavier estaba tan aturdido que estuvo a punto de asentir y hacer precisamente eso, cuando recordó lo que había hecho Laurel.

–Da igual cómo se disculpe –replicó–. Hay cosas que son imperdonables.

–¿Como robar? –dijo Val, dándole un momento para que se diera cuenta de lo que estaba diciéndole–. Si sacas una acción de contexto, sí, por supuesto. Pero confío en que ahora que sabes por lo que pasan quienes son menos afortunados que nosotros puedas verlo desde otra perspectiva: las motivaciones son algo complejo; la gente comete errores. Y puedes buscar la manera de superar el daño que te hagan otras personas o quedarte solo. Tú eliges.

–¿Cuándo te has vuelto tan listo? –gruñó Xavier, aunque había captado lo que le quería decir.

Val se rio.

–¿Sabes?, hay días en que me siento como un idiota cuando estoy presidiendo una reunión en LeBlanc Jewelers –le confesó Val–. Tú, en cambio, te manejas tan bien en ese ambiente que al verte parece fácil. Así que supongo que lo que intento decir es que los dos tenemos algo en lo que destacamos y, cuando unimos fuerzas, somos imparables. Creo que eso es lo que papá quería que descubriéramos.

Si era así, pensó Xavier, él desde luego había caído por completo en el juego de su padre, porque era Laurel quien se lo había descubierto. Laurel había hecho de él una persona mejor.

Quizá debería darle una oportunidad y replantearse las razones por las que no le había dicho la verdad.

–Sigue mi consejo –le dijo Val–. Ve y habla con Laurel. No dejes que nada se interponga en el camino de tu felicidad.

Xavier se levantó y, después de darle las gracias, se marchó.

Cuando llegó a casa, Laurel aún estaba allí, sentada en silencio en su cama, como si hubiera estado esperando pacientemente su llegada, aunque hubiera tenido que esperar toda la noche.

–¿Qué haces aquí? –le preguntó él con aspereza, poniéndola a prueba.

–No cometer otro error. Bastante metí ya la pata al no decirte la verdad. No voy a fastidiarlo todo otra vez.

147

–Entonces deberías marcharte.

–No –replicó ella bajándose de la cama. Se plantó ante él con los brazos en jarras–. Necesito que escuches lo que tengo que decir.

Xavier se cruzó de brazos.

–Bien. Te escucho.

Los ojos grises de Laurel, suplicantes, buscaron los suyos. Dejó caer los brazos.

–Xavier, me he enamorado de ti –murmuró.

Al oír esas palabras, el último trozo de hielo que cubría su corazón se resquebrajó.

Laurel estaba tan angustiada, esperando a que Xavier dijera algo, lo que fuera, que estaba clavándose las uñas en las palmas. Pero él seguía con la vista fija en el suelo, como si no pudiese soportar mirarla a la cara ni un segundo más. Se había arriesgado, pero estaba claro que había perdido; todo había acabado.

Se había disculpado. Le había abierto su corazón, confesándole que lo amaba, pero nada de eso había sido suficiente.

Y entonces Xavier levantó finalmente la cabeza, y al ver que había lágrimas en sus ojos fue como si un puño invisible la hubiese golpeado en el estómago. Le había hecho daño y estaba permitiendo que comprobara hasta qué punto.

–Dilo otra vez –le exigió.

–Me he enamorado de ti –repitió Laurel–. Nunca antes me había enamorado, y no tenía ni idea de que me asustaría tanto. Y ese miedo me ha hecho cometer estupideces que ahora no puedo deshacer.

Val asintió.

–Lo entiendo. Somos más parecidos de lo que crees.

Los ojos de Laurel también se llenaron de lágrimas, y no pudo evitar que una sonrisa acudiera a sus labios, porque aquello se había convertido en una broma entre ellos. No podía estar furioso con ella si estaba haciendo chistes. Tal vez aún quedara un resquicio de esperanza.

–¿Ah, sí? Cuéntame.

–Yo tampoco me había enamorado hasta ahora, y también estoy cometiendo unas cuantas estupideces. Además, me cuesta confiar, y para mí fue muy duro que hubieras traicionado la confianza que había depositado en ti.

Laurel sintió una punzada en el pecho.

–Cariño, no… –murmuró–. No te eches a ti la culpa. La única culpable aquí soy yo. No fue una estupidez confiar en mí, aunque tienes toda la razón para estar enfadado y…

–Pues he venido para cometer otra estupidez: perdonarte –la interrumpió él, y dejó a Laurel tan aturdida que se quedó callada–. No estoy muy seguro de qué ha inclinado la balanza, pero prefiero arriesgarme a confiar de nuevo en ti a quedarme solo con mi orgullo el resto de mi vida.

Laurel se quedó anonadada. ¿De verdad estaba perdonándola? ¿Y quería pasar con ella el resto de su vida?

–No comprendo –balbució.

–Entonces deja que te lo diga más claro: te quiero, Laurel. Y ahora deja de hablar y ven aquí para que pueda demostrártelo.

Laurel, que se sentía como si fuera a estallar de dicha, fue junto a él, obediente, y se fundió con él en un abrazo.

–¿Cómo puedes perdonarme y que no te importe lo que hice?

–Sí que me importa, cariño –murmuró él contra su cabello–. Y precisamente por eso, porque me importa, te estoy dando otra oportunidad. Si no me importara, te habría dejado marchar y habría pasado página. Lo he hecho muchas veces. Pero ya no quiero seguir haciéndolo. Quiero amar a alguien tanto que, cuando esa persona meta la pata, me duela. Y a cambio quiero pedirte algo a ti: quiero que intentes no volver a meterla, pero también quiero que sepas que, si vuelves a hacerlo, estoy seguro de que podré perdonarte otra vez con tal de poder seguir teniéndote a mi lado.

Aunque las lágrimas rodaban ya por sus mejillas, Laurel se rio.

–Vaya, eres muy generoso. Y hablas tan bien… deberías dar clases de autoayuda.

–Tomo nota, aunque ahora mismo preferiría llevarte a la cama, si no te importa.

Laurel asintió y dio un gritito cuando la alzó en volandas y la arrojó sobre la cama para, a continuación, colocarse a horcajadas sobre ella. Aquello era el final perfecto, pero…

–Solo hay una cosa que no entiendo –murmuró, en vez de besarlo hasta dejarlo sin aliento, que era lo que debería estar haciendo en lugar de abriendo más cajas de Pandora–: ¿qué ha cambiado desde que te fuiste a ahora?

–Recordé la actitud que tuviste cuando te conté lo del testamento de mi padre –contestó él sonrojándose–. Te lo había ocultado porque me daba vergüenza estar haciendo aquello por dinero, pero tú no me lo echaste en cara, sino que te pusiste de mi parte y me apoyaste. Y me he dado cuenta de que estaría siendo injusto si tirase por la borda lo que tenemos solo porque tú no habías encontrado el momento de confesarme tu secreto. Lo siento.

–¿Acabas de disculparte conmigo? –inquirió ella con incredulidad–. Pero si soy yo quien lo fastidió todo…

–Shh… sí, lo hiciste y me has pedido perdón –la cortó él, acariciándole el rostro con las yemas de los dedos–. Para mí, en eso consiste la confianza, aunque me cueste un poco de esfuerzo y tenga que seguir practicándola.

–¿Y si resulta qué te he mentido respecto a otras cuarenta y siete cosas? –lo picó ella.

–Te olvidas de que somos como un libro abierto el uno para el otro –respondió él, mirándola con amor, antes de besarla en la nariz.

¿Qué había hecho para ser tan afortunada como para encontrar a un hombre como Xavier?

–Pues si soy un libro abierto… ¿qué estoy pensando en este mismo momento? –le preguntó ella sonriéndole.

–¿En ir a dar un paseo por la orilla del lago Michigan? –bromeó él, entrelazando sus piernas con las de ella.

Laurel resopló.

–Te concedo otro intento.

Pero, en vez de eso, Xavier la besó, y fue justo lo que esperaba que hiciera. Sí que podía leerle el pensamiento.

Por algún milagro había decidido darle una segunda oportunidad, y no tendría que preocuparse por cometer más errores, porque él estaría ahí a su lado, sosteniendo su mano mientras los dos saltaban al vacío. Juntos.

Epílogo

El desfile de moda benéfico que Xavier y Laurel habían organizado con la ayuda de Val y Sabrina dio comienzo con un toque espectacular: un cañón de purpurina arrojó una lluvia centelleante sobre el escenario cuando la primera modelo desfiló por la pasarela cargada de diamantes de la firma LeBlanc.

Esa vez por lo menos no estaba hecho un manojo de nervios, pensó Xavier. O al menos no por el evento en sí.

El desfile no había sido concebido únicamente para recaudar donaciones para LBC, sino que además era el escaparate perfecto para la nueva línea de joyas de LeBlanc. Había causado una gran expectación, y el salón estaba a rebosar. ¿Quién habría pensado que su hermano Val y él podrían unir sus fuerzas de un modo tan eficiente?

¿Que quién? Laurel y Sabrina, por supuesto. Laurel y la esposa de Val habían trabado amistad enseguida, y habían estado trabajando a destajo para ayudarles a organizar aquel evento.

Xavier nunca había sido tan feliz como lo era con Laurel a su lado, y confiaba en que esa noche conseguiría formalizar esa dicha.

–Has traído el anillo, ¿verdad? –le preguntó Val al oído mientras seguían el desfile desde el fondo de la sala–. Ni te imaginas lo que me ha costado que estuviera listo a tiempo.

Xavier, que estaba paseando la vista por el público, se fijó en que habían acudido varios de los famosos a los que habían invitado. Val había estado dorándoles la píldora para ficharlos para la nueva campaña de publicidad de LeBlanc, y su presencia allí era, sin duda, un indicativo de que lo había conseguido.

En respuesta a la pregunta de su hermano, se dio unas palmaditas en el bolsillo, donde tenía guardada la cajita con el anillo de compromiso.

–Anoche estuve por ponerlo debajo de la almohada porque temía perderlo, pero no quería que Laurel lo descubriera y arruinarle la sorpresa. Le encantan las sorpresas, ¿sabes?

Su hermano hizo una mueca.

–¿En serio? Creo que solo me lo habrás dicho como unas cien veces.

La idea de proponerle matrimonio a Laurel sí que le emocionaba, pero ni por un momento pensó en disimular su emoción. ¿Por qué tendría que importarle que Val supiera que la idea de casarse lo llenaba de emoción?

–Pues sí, estoy ilusionado con la idea de pedirle a la mujer a la que quiero que se case conmigo, ¿y qué? Tampoco es un crimen.

El decirlo en voz alta no aplacó ni un ápice el torbellino que sentía en el estómago. «Ilusionado» no era la palabra adecuada. La realidad era que estaba nervioso, emocionado y hasta muerto de miedo de no hacerlo bien y que Laurel le dijera que no.

Val puso los ojos en blanco y le dio un par de palmadas en la espalda.

–Yo creía que te haría más ilusión saber que Roger me ha dado ya las cifras preliminares: LeBlanc Jewelers alcanzará la meta de los mil millones de dólares en beneficios al final de este trimestre.

–¡Lo has conseguido! –exclamó Xavier, sonriendo a su hermano.

–No, lo hemos conseguido –lo corrigió Val al instante–. Tú habías colocado las piezas de dominó y yo solo tuve que darle un empujoncito al negocio para que cayeran. Somos un equipo, y por eso con este evento tú también conseguirás recaudar en donaciones la suma que te puso nuestro padre como objetivo. Estamos a un paso de asegurarnos nuestra herencia.

Tenía gracia que la idea de que fueran a triunfar no lo hiciese tan feliz como cuando sus ojos se posaron en Laurel en ese momento. La vio pararse a hablar con alguien camino del escenario, donde anunciaría al público cómo podían adquirir las joyas que habían lucido las modelos, y que todo el dinero recaudado se emplearía en los proyectos de LBC de ayuda a los más necesitados.

Su padre había especificado en su testamento que Xavier no podía firmar un cheque para cumplir el objetivo de recaudar diez millones de dólares en donaciones, pero no había estipulado que no pudieran conseguir parte de esa suma vendiendo joyas exclusivas de LeBlanc Jewelers. Había sido idea de Laurel, que los había convencido a Val y a él con su pasión por LBC.

Y precisamente por eso se les ocurrió que fuera ella quien se ganara al público presentando el evento. Además, así él tendría la ocasión perfecta para pedirle matrimonio por sorpresa.

Debería haberse puesto en marcha cuando Laurel subió al escenario, pero de repente fue como si se quedara paralizado. ¿Y si aquello era un error? ¿Y si ella no tenía interés en casarse? ¿Y si…?

–¡Vamos! No seas cobarde y ve a pedírselo –lo urgió Val entre dientes mientras la clara y hermosa voz de Laurel comenzaba a oírse por los altavoces–. Le encantará ese anillo que has diseñado para ella.

–Está bien, está bien –murmuró Xavier.

Y, sin saber muy bien cómo, logró que su cuerpo se moviera por fin hasta llegar al escenario.

A pesar de su inesperada interrupción, Laurel fue capaz de terminar la frase que estaba diciendo. Cuando se giró hacia él, expectante, y sus ojos grises lo miraron con adoración, las dudas de Xavier se disiparon de inmediato y cruzó el escenario para tomarla de la mano.

–Laurel –comenzó, pero tuvo que hacer una pausa para aclararse la garganta. Ella, ajena a los cientos de personas que los observaban, solo tenía ojos para él–. Antes de conocerte, durante mucho tiempo me cerré a los demás con la excusa de que, estando como estaba al frente de una empresa, necesitaba tener la mente despejada. Tú me has enseñado que ningún hombre es una isla, e hiciste que me diera cuenta de que tampoco quería serlo.

Las lágrimas rodaban por las mejillas de Laurel, pero no lo interrumpió, ni siquiera cuando sacó del bolsillo la cajita de terciopelo y levantó la tapa, revelando el anillo, que tenía engarzado un rarísimo diamante a juego con sus ojos.

–Y por eso hinco una rodilla en el suelo para pedirte que aceptes este anillo y des un salto de fe –le dijo Xavier. Al ver a Laurel enarcar una ceja, se dio cuenta de que, por los nervios, se había olvidado de arrodillarse, y se apresuró a corregirlo, hincándose en el suelo con ambas rodillas, diciendo–: Bueno, pues con las dos.

La gente se rio con Laurel, que respondió con voz clara:

–Sí, me casaré contigo. Pero solo si, como regalo de compromiso, me compras ese collar de Jada Ness que lució la tercera modelo –bromeó. Se volvió hacia el público–. ¿Lo han visto ustedes? ¡Es espectacular!

Dicho eso apagó su micrófono, se lanzó a los brazos de Xavier y los labios de ambos se fundieron en un beso apasionado que hizo que el público prorrumpiera en vítores y aplausos.

–¿Intentando aumentar las donaciones? –le preguntó Xavier cuando separaron finalmente sus labios para tomar aliento.

Ella sonrió emocionada.

–¡Qué bien me conoces!

¿Cómo podría compararse una herencia con aquella mujer?, pensó Xavier. Y entonces fue cuando empezó a sospechar que aquella era la verdadera lección que su padre había pretendido que Val y él aprendiesen: que nada podía reemplazar a las personas a las que querías.

Acepte 2 de nuestras mejores novelas de amor GRATIS

¡Y reciba un regalo sorpresa!

Oferta especial de tiempo limitado

**Rellene el cupón y envíelo a
Harlequin Reader Service®**
3010 Walden Ave.
P.O. Box 1867
Buffalo, N.Y. 14240-1867

¡Si! Por favor, envíenme 2 novelas de amor de Harlequin (1 Bianca® y 1 Deseo®) gratis, más el regalo sorpresa. Luego remítanme 4 novelas nuevas todos los meses, las cuales recibiré mucho antes de que aparezcan en librerías, y factúrenme al bajo precio de $3,24 cada una, más $0,25 por envío e impuesto de ventas, si corresponde*. Este es el precio total, y es un ahorro de casi el 20% sobre el precio de portada. !Una oferta excelente! Entiendo que el hecho de aceptar estos libros y el regalo no me obliga en forma alguna a la compra de libros adicionales. Y también que puedo devolver cualquier envío y cancelar en cualquier momento. Aún si decido no comprar ningún otro libro de Harlequin, los 2 libros gratis y el regalo sorpresa son míos para siempre.

416 LBN DU7N

Nombre y apellido	(Por favor, letra de molde)	
Dirección	Apartamento No.	
Ciudad	Estado	Zona postal

Esta oferta se limita a un pedido por hogar y no está disponible para los subscriptores actuales de Deseo® y Bianca®.
*Los términos y precios quedan sujetos a cambios sin aviso previo.
Impuestos de ventas aplican en N.Y.

SPN-03   ©2003 Harlequin Enterprises Limited

Bianca

**Una noche con él la marcó
como si fuera de su propiedad…
Ahora había vuelto a reclamarla para siempre**

CONFESIONES DE AMOR

Sara Craven

...andor despertó en Alanna una sensualidad desconocida. ...brumada por su respuesta, ella salió huyendo y no esperaba ...olver a verlo nunca más. Pero, cuando él reapareció en su vida ...or sorpresa, el carisma de Zandor le recordó la pasión que ...ompartieron. Y esa vez no pudo huir de la crepitante intensidad ...e su atracción…

¡YA EN TU PUNTO DE VENTA!

DESEO

*¿Conseguiría entrar en el corazón de
aquel solitario millonario?*

Una prueba
de amor

CHARLENE SANDS

Mia D'Angelo quería averiguar si el padre del bebé de su difunt[a]
hermana podría ser un buen padre. Cuando localizó a Ada[m]
Chase, todos sus planes se vinieron abajo y empezaron a sa[lir]
juntos.

El multimillonario no tardó mucho en darse cuenta de que M[ia]
guardaba un secreto sobre la hija que él no sabía que ten[ía.]
¿Podía ese hombre retraído llegar a confiar en Mia después d[e]
que lo hubiese engañado? ¿Y en sí mismo cuando estaba co[n]
esa mujer increíblemente sexy?

¡YA EN TU PUNTO DE VENTA!